Marliese Arold

STRENG GEHEIM

BAND 1

DAS GEHEIMNIS DES ALTEN PROFESSORS

in Farbe und Bunt

Originalausgabe | © 2021
in Farbe und Bunt Verlag
Am Bokholt 9 | 24251 Osdorf

www.ifub-verlag.de
www.ifubshop.com

Herausgeber: Björn Sülter
Lektorat & Korrektorat: Telma Vahey
Cover-Gestaltung: Stefanie Kurt
Innenillustrationen: Stefanie Kurt
Satz & Innenseitengestaltung: EM Cedes

Print-Ausgabe gedruckt von:
Bookpress.eu, ul. Lubelska 37c, 10-408 Olsztyn

ISBN (Print): 978-3-95936-309-9
ISBN (Hörbuch): 978-3-95936-310-5

Inhalt

Michael Jaschke

... liebt nichts mehr als Krimis und Gruselgeschichten. Bei einem Skelett kann er schon mal schwach werden. Zum Ärger seines Deutschlehrers besitzt Michael eine überschäumende Phantasie. Was in seinen Aufsätzen steht, klingt nicht immer glaubhaft. Aber die Schule ist Michael ziemlich schnuppe.

Für einen Elfjährigen gibt es wichtigere Dinge, findet er. Mit seinem blonden Haar, seinen blauen Augen und den unzähligen Sommersprossen sieht Michael seiner Schwester überhaupt nicht ähnlich. Aber trotz seiner kurzen runden Arme und Beine ist er flinker, als man denkt.

Heike Jaschke

... schwärmt für Tiere, besonders für Pferde. Von Skeletten hält die Dreizehnjährige nicht viel – im Gegensatz zu ihrem Bruder. Sie ist groß und schlank, hat grüne Augen und braunes Haar, das sie meistens zu einem Pferdeschwanz zusammenbindet. Niemand würde sie für Michaels Schwester halten – nur ihre Stupsnasen gleichen sich wie ein Ei dem anderen.

Das Lernen fällt Heike leicht, und obwohl sie in der Schule eine der Besten ist, bildet sie sich nichts darauf ein. Überhaupt ist sie ein echter Kamerad und verliert selbst in heißesten Situationen nicht den Kopf – auch wenn ihr das Herz manchmal ziemlich flattert. Ihr Wahlspruch ist: Erst denken, dann handeln!

Thomas Pahl

... kennt mit seinen vierzehn Jahren nur ein Ziel: Er will Detektiv werden. Seine Spürnase ist fast noch besser als die von Moorteufel, seinem Hund. Das Fell des Labradors ist ebenso schwarz wie die Locken des schlaksigen Jungen, aber das ist nicht der einzige Grund, weshalb Moorteufel Thomas' bester Freund ist. Der Hund ist nämlich ein Geschenk seines Vaters, der inzwischen gestorben ist.

Mit seinem Stiefvater kommt der Junge nicht zurecht, und daher geht er ihm am liebsten aus dem Weg. Thomas weiß, wie wichtig es ist, Augen und Ohren offenzuhalten. Es macht ihm Spaß zu kombinieren, allerdings schießt er dabei manchmal übers Ziel hinaus.

Ambrosius Köhler

Spinner oder Genie? Er ist Professor der Physik und hat früher an Hochschulen unterrichtet. Aber man hat ihn gefeuert. Seitdem ist der große hagere Mann ziemlich launisch und verkriecht sich am liebsten in seine vier Wände. Mit seinen langen grauen Haaren, seiner dicken Hornbrille und seinem geistesabwesenden Gesichtsausdruck macht er auf Fremde keinen besonders freundlichen Eindruck.

Manche halten ihn sogar für verrückt. Doch das ist dem Professor nicht einmal so unrecht. Dann lassen ihn die Leute wenigstens in Ruhe, und er kann ungestört seiner Arbeit nachgehen. Über seinen merkwürdigen Erfindungen vergisst er oft alles andere. Übrigens ist er der Großonkel von Michael und Heike Jaschke, auch wenn er sonst mit der Verwandtschaft verkracht ist.

Hallo, Tagebuch!

Huch, was ist denn jetzt passiert? Da ist doch wieder irgendwas schiefgelaufen! Mein Bruder Michael ist weg, unser Freund Thomas auch. Von Onkel Ambrosius keine Spur!

Ich sitze im Hamburger Hauptbahnhof vor einem Zeitschriftenladen und habe keine Ahnung, wo die anderen gelandet sind. Vor einer Stunde habe ich einen Pappbecher aufgestellt und erbettele mir ein bisschen Geld. Voll peinlich!

Dabei habe ich sogar welches. Doch mein Zwanzigmarkschein und die Münzen, die noch in meiner Hosentasche stecken, sind nicht mehr gültig, hat der Mann im Laden gesagt. Schon seit 20 Jahren nicht mehr! Er ließ überhaupt nicht mit sich reden. Sowas von stur! Doch ich hatte Glück, eine nette Frau hat mir ausgeholfen, damit ich mir immerhin eine Cola, dieses Notizbuch und einen Stift kaufen konnte.

»Woher kommst du denn?«, hat sie mich gefragt.

Aus der Vergangenheit, wäre die richtige Antwort gewesen, doch kann ich mir vorstellen, wie Leute auf so etwas reagieren. Zeitreisen sind nicht gerade an der Tagesordnung. Nicht in meiner Zeit, im Jahr 1983, und noch nicht einmal hier im Jahr 2022. Immerhin weiß ich, wo – und wann – ich mich befinde. Das habe ich auf einer Tageszeitung gelesen.

»Von weither«, lautete daher meine Antwort.

Die Frau zog die Augenbrauen hoch. »Bist du etwa von Zuhause abgehauen?«

Ich schüttelte den Kopf. »Es ist kompliziert.« Damit meinte ich eigentlich die technische Seite. Die Zeitmaschine hat wohl wieder mal eine Macke gehabt. Irgendein Fehler muss passiert sein, und wir wurden getrennt: Michael, Thomas, Onkel Ambrosius und ich. Und Moorteufel, Thomas' Hund.

Irgendwie hat die Frau mich aber falsch verstanden. Wahrscheinlich denkt sie, dass es bei uns zuhause kompliziert ist. Eltern vielleicht getrennt, Heimkind, Stress in der Schule oder so. Dabei verhält sich alles ganz anders.

Möglicherweise hätte ich ihr auch die Wahrheit gesagt, aber leider kam ihr Zug, und sie musste schnell die Treppe zum Bahnsteig runter, um ihn noch zu erwischen. Schade. Ich bin überzeugt, sie hätte mir geholfen. Tja, Pech.

Es fühlt sich echt blöd an, so allein hier. Aber ich bin mir sicher, dass ich die anderen irgendwie finden werde. Oder sie mich. Das hat bisher immer geklappt, egal, wie oft wir schon mit der Zeitmaschine eine Bruchlandung hingelegt haben!

Ich bin aber froh, dass ich dieses Notizbuch habe, damit ich meine Gedanken aufschreiben kann. Sonst würde ich verrückt werden. Die Leute laufen an mir vorbei, alle scheinen in Eile zu sein. Fast jeder hält so ein flaches Ding an sein Ohr und spricht vor sich hin. Oder sie strecken es mit steifem Arm von sich weg und schneiden komische Grimassen. Das wirkt echt seltsam!

Ob Onkel Ambrosius schon eine Möglichkeit gefunden hat, mich aufzuspüren? Und ob er mit Thomas und Michael und Moorteufel zusammen ist? Oder hat es jeden von uns in eine andere Richtung geschleudert? Ich habe so viele Fragen …

Eigentlich finde ich es ja total aufregend, durch die Zeit zu reisen. Onkel Ambrosius hat da schon eine geniale Erfindung gemacht. Meinem Bruder Michael und mir war das allerdings überhaupt nicht klar, als wir das erste Mal zu ihm aufs Land reisten. Bis dahin kannten wir ihn nämlich kaum, und das, was man so hörte, klang nicht besonders erfreulich. Unsere Begeisterung hielt sich also in Grenzen, auch weil wir damals ganz andere Urlaubspläne hatten. Doch dann kam Mamas Krankheit dazwischen …

Ich schließe die Augen und versuche, mich an unser erstes Abenteuer zu erinnern. Alles fing ganz harmlos an und wurde dann immer verrückter. Und gefährlicher.

Wie in einem Film ziehen die Ereignisse an mir vorbei.

Es begann im Sommer 1983, einige Wochen vor den großen Ferien …

Verpatzte Ferien

»Noch zwei Wochen bis zu den Sommerferien!«, verkündete Michael mit einem Blick auf den Kalender. »Ha, und dann braten wir bald selbst gefangene Fische am Lagerfeuer.«

»Iiihhh, doch hoffentlich nicht schon zum Frühstück!«, sagte Heike. Sie starrte auf ihr frisch gebackenes Brötchen mit Erdbeermarmelade. Marmelade und Fisch – igitt! Heike schüttelte sich. Aber dann musste sie lachen. Die Aussicht auf die kommenden Abenteuerferien war einfach zu verlockend.

Schon lange zählten die Geschwister die Tage. Ihre Eltern hatten nämlich beschlossen, zusammen mit einer befreundeten Familie eine Camping-Tour durch Norwegen zu machen. Zelten, wandern, Fische fangen und im Freien übernachten – gewiss würde es herrlich werden!

»Und ganz früh am Morgen im See baden.« Heike sah verträumt zum Fenster hinaus. Eine Woche lang hatte es fast ununterbrochen geregnet. Aber jetzt schien die Sonne vom strahlend blauen Himmel und malte helle Kringel auf den Frühstückstisch. Noch dazu war Samstag und schulfrei. An einem solchen Tag musste man einfach gute Laune haben!

Doch die Katastrophe hatte sich ausgerechnet diesen herrlichen Samstagmorgen ausgesucht, um über Michael und Heike Jaschke hereinzubrechen.

»Hört mal«, sagte Herr Jaschke und räusperte sich. »Bevor ihr weitere Pläne schmiedet, müssen Mutter und ich euch etwas mitteilen.« Das klang nicht gut. Michael, der gerade sein Ei köpfen wollte, blickte misstrauisch auf. Die Gesichter der Eltern waren ernst. Hatte der Klassenlehrer etwa einen Blau-

en Brief geschickt? Aber Michael hatte sich in der letzten Zeit mächtig angestrengt, um doch noch versetzt zu werden. Erst gestern hatte ihm der Lehrer aufmunternd auf die Schulter geklopft, und Michael war überzeugt, dass er es in diesem Schuljahr gerade noch geschafft hatte. Doch nun?

»Was ist los?«, drängte Heike. »Macht es nicht so spannend!«

»Wir wollten euch nicht den Appetit verderben«, antwortete Frau Jaschke. »Aber weil ihr gerade von den Ferien sprecht: Onkel Ambrosius hat geschrieben.«

»Onkel Ambrosius?« Heike krauste die Stirn. »Ist das nicht dieser olle Professor, der mit der ganzen Verwandtschaft auf Kriegsfuß steht?« Und der nicht alle Tassen im Schrank hat, ergänzte sie in Gedanken. Sie unterließ es jedoch, sich an die Stirn zu tippen, weil ihr Vater sie streng ansah.

Ambrosius Köhler war ein Onkel von Frau Jaschke. Heike und Michael kannten ihn nur aus Erzählungen. Er war Professor der Physik und hatte einst an Hochschulen unterrichtet, war aber wegen einer mysteriösen Angelegenheit frühzeitig pensioniert worden. Seither war er ein bisschen seltsam.

»Onkel Ambrosius mag vielleicht etwas eigen sein«, gab Frau Jaschke zu. »Aber verrückt ist er nicht. Nur menschenscheu.«

Der Professor ging nämlich den anderen Menschen am liebsten aus dem Weg. Daher hatte er sich in einem kleinen Dorf ein altes Haus gekauft. Dort lebte er ganz allein mit einer Haushälterin.

»Jedenfalls ist er einverstanden, dass ihr beide eure Ferien bei ihm verbringt«, ergänzte Herr Jaschke.

»Waaas?« Michael glaubte, sich verhört zu haben. »Unsere Ferien? Und was ist mit Norwegen?«

»Daraus wird leider nichts«, sagte Herr Jaschke. »Mutter war kürzlich beim Arzt und hat sich gründlich untersuchen lassen. Er hat ihr jede Anstrengung verboten und ihr eine Kur verordnet.«

»Sechs Wochen in Bad Orb.« Frau Jaschke lächelte traurig. »Es tut mir wirklich leid. Ich weiß, wie sehr ihr euch auf Norwegen gefreut habt.«

Michaels Gesicht wurde lang. Auch Heike versuchte, die aufsteigenden Tränen zu unterdrücken. Welch eine Enttäuschung! Alle Hoffnungen und Pläne umsonst! Es durfte nicht wahr sein!

»Und wenn wir ohne Mutter fahren?«, platzte Heike heraus, biss sich aber sofort auf die Lippen. War es für die Mutter nicht genauso schlimm? Sie war am Ende sogar ernstlich krank! War es da nicht furchtbar gemein, nur an seinen eigenen Spaß zu denken? Heike schluckte. Als Dreizehnjährige müsste sie eigentlich alt genug sein, um für andere Verständnis aufzubringen. Doch Frau Jaschke nahm ihr den Vorschlag nicht übel.

»Ich habe auch daran gedacht«, erklärte die Mutter. »Aber Vater will mich durchaus nicht allein lassen. Und wir können nicht verlangen, dass Müllers außer auf ihre eigenen drei Kinder auch noch auf euch aufpassen.«

»Wir können auf uns selbst aufpassen«, sagte Michael trotzig. Er war im vorigen Monat elf geworden.

»Das wissen wir«, sagte Herr Jaschke. »Und deswegen macht ihr dem Onkel hoffentlich keine Schwierigkeiten, wenn ihr bei ihm seid.«

»Warum denn ausgerechnet Onkel Ambrosius?«, fragte Heike. »Wir kennen ihn doch gar nicht. Warum können wir nicht zu Tante Annemarie, wie im letzten Jahr?«

»Tante Annemarie hat in ihrem Urlaub schon etwas anderes vor. Außerdem sollt ihr endlich mal raus aus der Stadt«, erwiderte Frau Jaschke. »Ferien auf dem Land machen euch bestimmt Spaß!«

»Ach, auf so'n olles Kaff!«, maulte Michael. »Und vor Freude an die Decke springen, wenn man so etwas Aufregendes wie einen Misthaufen sieht! Na, Mahlzeit!«

»Also bitte!«, sagte Herr Jaschke streng. »Es ist sehr großzügig von Onkel Ambrosius, dass er euch überhaupt aufnimmt. Normalerweise möchte er von niemandem gestört werden. Er arbeitet nämlich wieder an einer größeren Erfindung.«

»Was erfindet er denn diesmal?«, erkundigte sich Heike. Sie grinste. Vor einigen Jahren hatte der Professor einen komplizierten Apparat gebaut, der Heidelbeeren pflücken konnte.

Der Nachteil daran war, dass die Maschine einfach zu groß war, um beim Beerenpflücken mitgenommen zu werden. Man hätte dazu einen Lastwagen gebraucht. Die ganze Familie hatte damals Tränen über die Geschichte gelacht.

»Er schreibt nicht, was es ist«, antwortete Frau Jaschke. »Doch seinen Andeutungen nach ist so etwas Großartiges noch nie dagewesen.«

»Sicher ein automatischer Kamm, der gleichzeitig als Zahnbürste dient«, vermutete Heike.

»Vielleicht können wir Onkel Ambrosius noch ein paar Tipps geben, damit man sich mit dem Ding auch noch die Zehennägel schneiden kann!«, schlug Michael vor.

Alle lachten. Die Eltern waren insgeheim froh, dass die Kinder die geänderten Ferienpläne so vernünftig aufnahmen. Aber ganz so einfach war es nicht. Heike und Michael ließen sich zwar beim Frühstück nichts mehr anmerken, doch später in ihrem Zimmer machten sie ihrer Enttäuschung Luft.

»Mist, Mist, Mist und dreimal verflixt und zugenäht!«, stieß Michael hervor und stampfte mit dem Fuß auf. »Es ist zum Heulen! Wochenlang freut man sich, und dann heißt es einfach: Norwegen ade! Ich habe nicht die geringste Lust, zu diesem blöden Professor zu fahren!«

»Die ganzen Ferien sind verdorben«, pflichtete Heike bei. »Da könnte man ebenso gut in die Schule gehen!«

»Den ganzen Tag Hühner angucken! Ich wette, das werden diesmal die langweiligsten Ferien unseres Lebens!«, prophezeite Michael.

Doch darin irrte er sich gründlich. Heike und er sollten schon sehr bald aufregende Abenteuer erleben.

Das fängt ja gut an!

Wie im Flug verging die Zeit bis zu den Sommerferien. Insgeheim hofften die Geschwister noch immer auf ein Wunder, das sie vor Onkel Ambrosius bewahren würde. Doch als sie am ersten Ferientag in aller Frühe zusammen mit ihren Eltern auf dem Bahnhof standen, wussten die Kinder, dass das ersehnte Wunder ausgeblieben war. Leider! Pünktlich auf die Minute fuhr der Zug ein, der sie nach Obereichenbach bringen sollte. Zum Glück ergatterten die Kinder wenigstens einen Fensterplatz.

»Vergesst nicht zu schreiben!«, rief ihnen Frau Jaschke zu, als der Zug bereits anrollte. »Und schöne Grüße an Onkel Ambrosius!«

»Machen wir!«, schrie Heike. Die Kinder winkten, bis die Eltern nicht mehr zu sehen waren.

»Uff!« Michael schloss das Zugfenster. »Noch ein paar Minuten länger, und ich wäre ganz taub geworden von all den Ermahnungen und guten Ratschlägen!«

»Die Eltern meinen immer, es passiert gleich etwas, wenn sie einmal nicht dabei sind.«

»Klar! Bis zur nächsten Bahnstation werden wir sicherlich ausgeraubt, und zwei Stationen weiter lauert schon ein Mörder auf uns!«

»Du mit deinen blutrünstigen Einfällen! Wenn du mich ärgern willst, dann steige ich aus, und du kannst allein zu Onkel Ambrosius fahren!«

»Ich soll allein in die Höhle des Ungeheuers? Und wer rettet mich, wenn der Professor mich in finstere Verliese sperrt, wo ich verschmachten muss? Ohne Essen und Trinken, nur in Gesellschaft von Ratten und dem Röcheln anderer Gefangener …«

Heike hielt sich die Ohren zu. Ihr Bruder war wieder einmal bei seinem Lieblingsthema, und davon konnte ihn so schnell nichts abbringen. Krimis und Gruselgeschichten waren Michaels große Vorlieben – ganz zum Ärger von Herrn Gruber, seinem Deutschlehrer. Michaels Aufsätze waren nämlich meistens kleine Krimis mit Gangstern und Detektiven. Seine Klassenkameraden lasen diese haarsträubenden Geschichten mit Begeisterung, doch Herr Gruber schüttelte den Kopf und malte eine Fünf darauf. Dazu schrieb er: »Zu unwahrscheinlich! Schreibe doch auf, was du tatsächlich erlebt hast!«

Michael fand jedoch, dann würden die Aufsätze viel zu langweilig. Denn wann passierte schon einmal wirklich etwas Aufregendes? »Bei Onkel Ambrosius sicher nicht«, murmelte er.

»Führst du neuerdings Selbstgespräche?«, erkundigte sich Heike.

»Ich musste eben an den blöden Gruber denken. Verpasst der mir doch glatt 'ne Fünf in Deutsch. Mein Englischlehrer hat beide Augen zugedrückt und mir gnädigerweise eine Vier gegeben, sonst hätte ich das Schuljahr wiederholen müssen. Und das alles nur, weil der Gruber, dieser Fiesling, keine Spur Phantasie hat!«

»Ich habe mich auch über ihn geärgert«, gestand Heike. »Wegen einer einzigen verpatzten Antwort hat er mir eine Drei in Geschichte gegeben!«

»Eine Drei?«, fragte Michael verständnislos. »Du liebe Zeit, wer regt sich denn wegen einer Drei im Zeugnis auf? Ich bin froh, dass ich nicht kleben bleibe, und du jammerst wegen einer Drei …«

Heike brauchte nie um ihre Versetzung zu bangen. Im Gegenteil. Sie war in ihrer Klasse eine der Besten – ohne deswegen eine Streberin zu sein. Ihr fiel das Lernen eben leicht. Michael dagegen tat sich schwer. Er war es leid, sich deswegen die Vorwürfe der Eltern anhören zu müssen. Oft stellten sie ihm Heike als gutes Beispiel hin. Das hasste Michael. Die Geschwister waren nun einmal verschieden, sowohl in ihren schulischen Leistungen als auch im Aussehen. Heike

hatte grüne Augen und braunes Haar, das sie meistens zu einem Pferdeschwanz zusammenband. Michael war blond, sommersprossig und blauäugig. Trotz seiner kurzen runden Arme und Beine konnte er recht flink sein. Heike dagegen war groß und schmal. Von Fremden wurden die Kinder selten für Geschwister gehalten. Denn nur wer genau hinsah, entdeckte, dass die beiden die gleichen Stupsnasen hatten! Die meisten Leute, von denen die Kinder während der langen Zugfahrt angesprochen wurden, wunderten sich, dass Heike und Michael die Reise ohne ihre Eltern machten.

»Was die Erwachsenen nur immer haben!«, beschwerte sich Michael. »Wir fragen sie ja auch nicht, warum sie ohne Kinder verreisen. Dabei kann sooo viel passieren, wenn die Kinder nicht auf Vater und Mutter aufpassen!«

Die Reise verlief ohne Zwischenfälle. Doch als die Kinder am frühen Nachmittag müde und hungrig in Obereichenbach ankamen, stand niemand am Bahnhof, um sie abzuholen.

»Er hat uns bestimmt vergessen«, meinte Heike.

»Oder er *will* uns nicht abholen«, sagte Michael finster und hockte sich auf den Koffer. »Was nun?«

Die Kinder blickten sich ratlos um. Sie waren die einzigen Reisenden, die in Obereichenbach ausgestiegen waren. Der Bahnwärter kurbelte die Schranken wieder hoch und verschwand dann in seinem Büro.

»Auf alle Fälle ist es ein herzlicher Empfang«, bemerkte Michael missmutig.

»Vielleicht hat sich der Onkel auch nur verspätet«, hoffte Heike, ohne recht daran zu glauben. Die Kinder warteten noch eine Viertelstunde, doch niemand kam.

»Genauso habe ich es mir vorgestellt!«, murrte Michael. »Das fängt ja gut an! Am liebsten würde ich mit dem nächsten Zug wieder nach Hause fahren.«

»Zu Hause ist aber auch keiner mehr«, erwiderte Heike. »Die Eltern wollten gleich nach dem Mittagessen nach Bad Orb fahren.«

»Mittagessen! Mensch, hab' ich einen Kohldampf!«, stöhnte Michael und rieb sich den Magen. »Warum hast du auch die Tüte mit den Broten beim Umsteigen liegen lassen?«

»Ich dachte, du hättest sie!«, verteidigte sich Heike. »Jetzt hör' endlich damit auf. Unternehmen wir lieber etwas! Oder willst du hier Wurzeln schlagen?«

Die Kinder packten Koffer und Reisetasche und verließen den Bahnhof. Ein Stück dahinter befand sich ein Lagerhaus. Dort lud ein Bauer zwei Säcke mit Kartoffeln auf seinen Traktoranhänger. Die Kinder fragten ihn nach dem Weg.

»Ihr wollt zu diesem verrückten Gelehrten?« Der dicke Bauer sah die Geschwister erstaunt an. »Was habt ihr denn mit dem zu schaffen?«

»Er ist unser Onkel«, antwortete Michael, und Heike berichtigte: »Unser Großonkel. Wir sollen unsere Ferien bei ihm verbringen.«

»Na, dann tut ihr mir leid, ihr armen Würstchen.« Der Bauer zuckte mit den Schultern. »Jeder im Dorf weiß doch, dass es bei ihm nicht mit rechten Dingen zugeht! – Komische Eltern habt ihr, die euch hierherschicken. Aber was geht mich das Ganze an!«

Heike und Michael sahen sich betreten an. Hatten sie es nicht geahnt?

»Und wie kommen wir jetzt zum Erlenhain?«, fragte Heike unschlüssig. Sie hatte immer weniger Lust, diesen merkwürdigen Professor kennenzulernen.

Der Bauer deutete auf den Koffer und die Tasche. »Ist das euer Gepäck?« Die Kinder nickten. »Ganz schön schwer, was? Und bis zum Erlenhain ist es ziemlich weit. Setzt euch hinten auf den Anhänger! Ich nehme euch mit.«

»Danke!« Heike und Michael luden ihr Gepäck auf und kletterten selbst auf den Anhänger. Der Traktor tuckerte los, die einsame Dorfstraße entlang. Rechts und links standen alte Gehöfte mit Scheunen. Irgendwo muhte eine Kuh. Ein weißes Huhn, das am Straßenrand nach Futter pickte, flüchtete vor dem Traktor. Es roch nach Landluft.

»Sehr aufregend!« Michael hielt sich die Nase zu. Heike reckte den Hals und spähte in jede offene Scheune. Ob es in Obereichenbach Pferde gab? Heike liebte Pferde über alles. Reiten war ihr sehnlichster Wunsch. In Norwegen hätte sie sicher Gelegenheit dazu gehabt. Doch hier?

Der Bauer wandte plötzlich den Kopf und rief ihnen zu: »Es heißt, es spuke bei ihm!«

»Quatsch!«, entfuhr es Heike. »Es gibt keine Gespenster!«

»Euer Onkel hat selbst davon erzählt!«, widersprach der Bauer. »Niemand wagt sich nachts in die Nähe seines Hauses. Da sind seltsame Geräusche … Oft brennt die ganze Nacht über Licht. Sicher traut sich dann keiner, einzuschlafen – aus Angst, die Geister kommen wieder.«

Dorfgeschwätz, dachte Heike.

»Onkel Ambrosius hat selbst von den Geistern erzählt?«, fragte Michael und kletterte weiter nach vorn, um sich besser unterhalten zu können.

»Er hat sie mit eigenen Augen gesehen«, behauptete der Bauer.

Hinter seinem Rücken tippte sich Heike an die Stirn. Sie glaubte die Geschichte nicht. Entweder flunkerte der Mann – oder Onkel Ambrosius hatte tatsächlich einen Vogel.

Sie hatten nun den alten Ortskern verlassen. Die Häuser standen nicht mehr so dicht nebeneinander. Der Bauer bog in eine Straße ein, die bergauf führte. Einige Neubauten schmiegten sich an den Hang. Heike blickte auf die gepflegten Vorgärten. Ob in diesen Häusern Kinder wohnten, mit denen sie sich anfreunden konnten?

»Ist es noch weit bis zum Erlenhain?«, fragte Michael.

»Nur noch den Hügel hinauf«, brummte der Bauer. Die schmale Straße mündete in einen Feldweg.

Als sie die Hügelkuppe erreicht hatten, sahen sie das alte Haus sofort. Es stand ein wenig abseits von zwei weiteren Häusern und wirkte ziemlich verwahrlost. An manchen Stellen bröckelte der Putz ab. Efeu zog sich an den Mauern empor.

»Früher hat einmal ein Arzt darin gewohnt«, erzählte der Bauer. »Seit euer Onkel eingezogen ist, ist nichts mehr renoviert worden.« Er hielt an. Die Kinder kletterten vom Anhänger und zerrten ihr Gepäck herunter.

»Vielen Dank fürs Mitnehmen«, murmelte Heike.

»Keine Ursache!«, erwiderte der Mann. Dann beugte er sich von seinem Sitz herunter und winkte die Kinder zu sich. »Seid

vorsichtig!«, flüsterte er. Er schielte misstrauisch zum Haus. »Wenn ihr mich fragt: Er ist mit dem Teufel im Bunde!«

Bevor die Geschwister etwas erwidern konnten, richtete sich der Bauer auf, bekreuzigte sich hastig und fuhr so rasch wie möglich davon.

»Seltsamer Mensch!« Michael schüttelte den Kopf.

»Ob alle Leute hier so abergläubisch sind?« Heike lief ein Schauer über den Rücken. »Einladend sieht das Haus ja nicht gerade aus.«

Zögernd gingen die Kinder über den Hof und läuteten an der Tür.

»Würde mich nicht wundern, wenn niemand zu Hause ist«, sagte Michael. Doch da öffnete ihnen schon eine kleine grauhaarige Frau.

»Ihr seid sicher unsere beiden Feriengäste!«, begrüßte sie die Kinder und lächelte. Sie machte einen netten, vertrauenswürdigen Eindruck. »Kommt nur herein. Ich habe euch schon erwartet. Ich bin Frau Schneider und führe Herrn Köhler den Haushalt.«

Die Kinder folgten der Frau ins Haus. Als sie im Gang ihr Gepäck abstellten und sich neugierig umsahen, wurde plötzlich eine Tür aufgerissen.

»Sind sie da?«, brüllte eine dumpfe Stimme. Die Geschwister zuckten zusammen. Sie fuhren herum. In der Tür stand ein hagerer Mann. Die Augen hinter der Hornbrille funkelten. Sein schmales Gesicht war sehr bleich. Graue Haarsträhnen hingen ihm wirr in die Stirn. Heike schluckte. »Guten Tag«, sagte sie schüchtern. Auch Michael murmelte einen Gruß.

Der Mann winkte ab. »Ach was, macht nicht solchen Lärm! Es ist schlimm genug, wenn Kinder im Haus sind. Verhaltet euch gefälligst ruhig! Ich muss mich konzentrieren. Warum steht ihr da und gafft mich an, als sei ich das siebte Weltwunder? Und Sie, Frau Schneider, haben Sie nichts zu tun? Ist der Briefträger heute schon dagewesen? Wie spät ist es überhaupt?«

»Viertel vor drei«, antwortete Frau Schneider geduldig. »Und der Briefträger war bereits heute Vormittag da. Wollen Sie zum Abendessen Bratwürste oder Geflügelsalat?«

»Mir egal!«, brummte der Gelehrte. »Sorgen Sie dafür, dass ich nicht gestört werde. Und behalten Sie die Kinder im Auge. Kinder stellen grundsätzlich nur Unfug an und sind lästig, merken Sie sich das!« Damit knallte er die Tür zu und war verschwunden.

Der Junge mit dem Hund

Na, das war vielleicht eine unfreundliche Begrüßung! Frau Schneider legte den Finger auf den Mund und führte die fassungslosen Geschwister in die Küche.

»Ihr dürft es ihm nicht übelnehmen«, erklärte sie. »Der Professor ist sehr nervös. Er arbeitet eben viel zu viel. In Wirklichkeit ist er gar nicht so schlimm, wie es auf den ersten Blick scheint.«

Heike und Michael sahen sich nur stumm an. Wie sollten sie das nur sechs Wochen lang aushalten?

»Wahrscheinlich ist der Professor so schlecht gelaunt, weil sein altes Auto vorhin nicht angesprungen ist. Er wollte euch nämlich vom Bahnhof abholen. Doch er hat den Fehler nicht finden können«, berichtete Frau Schneider, während sie den Tisch deckte. »Wenn dem Professor etwas nicht gelingt, kann er fuchsteufelswild werden.«

»Er ist wohl ein bisschen … merkwürdig?«, erkundigte sich Heike vorsichtig.

»Im Grunde ist er ein guter Mensch. Wenn man ihn richtig behandelt, kommt man schon mit ihm aus.«

»Trotz der Gespenster?«, platzte Michael heraus.

Beinahe hätte die Haushälterin einen Teller fallen lassen. »Gespenster? Was soll das heißen?«

Heike machte ein gleichgültiges Gesicht. »Ach, ein Bauer hat uns erzählt, dass Onkel Ambrosius angeblich Geister sieht. Natürlich glauben wir das nicht.«

»Die Leute reden viel«, erwiderte Frau Schneider. Auf ihrer Stirn zeigte sich eine Falte, die zuvor nicht dagewesen war.

»Der Professor hat wirklich andere Dinge zu tun, als sich um das Gerede zu kümmern. Er weiß, dass er hier im Dorf nicht beliebt ist, doch er ist froh, wenn man ihn in Ruhe lässt.«

»Und die Geräusche in der Nacht?«, bohrte Michael nach.

»Normalerweise schlafe ich fest. Herr Köhler hat mir gesagt, ich soll mir keine Sorgen machen, wenn mich der Lärm doch einmal weckt. Ich soll mir einfach Watte in die Ohren stopfen. Bei seinen Experimenten ist Lärm eben nicht zu vermeiden.«

Michael musterte die Haushälterin. Log sie? Wusste sie mehr, als sie sagte? Doch die Falte auf Frau Schneiders Stirn war verschwunden. Bei Hähnchen und Pommes frites vergaßen die Kinder ihre Verstimmung. Frau Schneider war eine ausgezeichnete Köchin. Heike und Michael aßen so viel, dass sie beinahe platzten.

»Es hat sehr gut geschmeckt«, lobte Heike. Der Nachtisch hatte aus Vanille- und Nusseis bestanden.

Frau Schneider freute sich. »Das hört man gerne. Der Professor achtet ja nie darauf, was er gerade isst. Ich glaube, ich könnte ihm gebratene Schuhsohlen servieren, und er würde es nicht einmal merken.«

Die Kinder lachten, obwohl ihnen der Gedanke an den Onkel gar nicht behagte.

»Ich zeige euch nun eure Zimmer«, sagte die Haushälterin. »Dann könnt ihr euch frischmachen und euch ein bisschen ausruhen, wenn ihr wollt.«

Die Geschwister folgten Frau Schneider die Treppe hinauf. Heikes Zimmer lag im ersten Stock. Es war ziemlich geräumig. Michael sollte im zweiten Stock schlafen. Sein Zimmer war etwas kleiner und grenzte an den Raum, den Frau Schneider bewohnte. Die Haushälterin zeigte den Kindern noch das Bad, dann ließ sie die beiden allein.

»Fein, ein eigenes Zimmer zu haben«, meinte Heike, nachdem sie sich umgesehen hatte. Zu Hause in der Stadt wohnte die Familie Jaschke nämlich in einer Dreizimmerwohnung. Michael und Heike mussten sich einen Raum teilen. Das gab natürlich manchmal Probleme, besonders, wenn jeder seine Freunde einladen wollte.

»Gegen die Zimmer ist wirklich nichts einzuwenden«, sagte Michael. »Aber gegen Onkel Ambrosius! Der ist ein Ekel!«

Wie um Michaels Worte zu bestätigen, ertönte draußen auf dem Hof ein lautes Schimpfen. Die Kinder stürzten zum Fenster und sahen hinaus.

»Du elender Schnüffler! Was suchst du schon wieder hier? Ich werde dir Beine machen!«, schrie der Professor und drohte einem fremden Jungen mit der Faust. »Erst vorige Woche hast du meine Rosenbeete zertrampelt!«

»Das war ich nicht!«, verteidigte sich der Junge.

»Natürlich! Es war niemand! Die Rosen sind von ganz allein umgefallen, nicht wahr? Du Lügner!«

»Ha! Wenn Sie wüssten, wer die Rosen umgetreten hat – Sie würden Augen machen! Aber ich verrate nichts, nie im Leben!«

»Auch noch frech werden, was? Lass dich hier bloß nicht mehr blicken! Sonst wirst du mich noch kennenlernen!«

Der langbeinige Junge rannte flink davon. Ein schwarzer Hund folgte ihm mit großen Sprüngen. Onkel Ambrosius blickte den beiden finster hinterher und ging dann ins Haus zurück.

»Er scheint Kinder wirklich nicht leiden zu können«, bemerkte Michael. »Wahrscheinlich kriegt er jedes Mal einen Tobsuchtsanfall.«

»Dann verstehe ich nicht, warum er uns überhaupt eingeladen hat«, sagte Heike. »Ich glaube, das Beste ist, wenn wir ihm möglichst aus dem Weg gehen …«

Das taten die Geschwister auch. In den ersten Tagen war dies nicht weiter schwierig. Die Sonne schien, und die beiden nutzten das schöne Wetter, um die Gegend auszukundschaften. Doch sonderlich interessant war Obereichenbach nicht. Zwar entdeckte Heike eine Koppel mit Pferden, aber der Besitzer mochte es nicht, wenn sie die Tiere mit Apfelstücken oder Karotten fütterte. Reiten kam erst recht nicht in Frage. Auch die anderen Kinder im Dorf schienen wenig Lust zu haben, sich mit Heike und Michael anzufreunden. Kurz, es war ein Misserfolg auf der ganzen Linie! Zu allem Unglück schlug dann das Wetter um, und es regnete. Die Kinder mussten den

ganzen Tag im Haus verbringen. Verzweifelt versuchten sie, die Zeit totzuschlagen.

Schließlich hielt es Michael nicht mehr aus. »Ach, diese blöde Geschichte kenne ich jetzt schon auswendig!« Wütend schlug er sein Buch zu und warf es in die Ecke. Er hatte es dreimal hintereinander gelesen und fand es wirklich nicht mehr spannend. Er stürmte hinaus, um Heike zu suchen.

Seine Schwester saß in ihrem Zimmer und zeichnete Pferdeköpfe, als Michael hereinstürzte.

»Es ist zum Verrücktwerden! Seit einer Woche sind wir hier, und es passiert nichts! Nicht einmal nachts rührt sich etwas. Kein Knall – nichts! Von Gespenstern ganz zu schweigen!«

»Hast du etwa den Unsinn geglaubt?« Heike zog erstaunt die Augenbrauen hoch.

Michael antwortete nicht. Er starrte grimmig aus dem Fenster, die Hände in den Hosentaschen. Draußen fiel Nieselregen. In Michael kribbelte es. Der Regen und die Langeweile – beides ging ihm gewaltig auf die Nerven. Es musste endlich irgendetwas passieren!

»Wollen wir Schach spielen?«, schlug Heike vor.

Michael schüttelte den Kopf. Dazu hatte er jetzt keine Geduld. Außerdem verlor er regelmäßig, weil Heike schon viel länger Schachspielen konnte als er. Nein, was er jetzt brauchte, war ein richtiger Nervenkitzel! Ein Krimi mit siebzehn Leichen wäre ihm gerade recht. Warum hatte er sich nicht mehr zum Lesen mitgenommen? Da kam Michael ein Gedanke. »Die Bibliothek von Onkel Ambrosius …«, murmelte er.

Heike wurde hellhörig. »Was ist damit?«

»Ach, nichts!«

»Du hast doch etwas vor …«

»Och, ich will mir nur von Onkel Ambrosius ein Buch ausleihen.«

»Bist du verrückt? Erst gestern hat er uns ausdrücklich verboten, etwas anzufassen, was ihm gehört. Willst du Ärger bekommen, Michael?«

»Quatsch! Er merkt doch gar nichts. Er hat so viele Bücher, dass es ihm bestimmt nicht auffällt, wenn eines fehlt.«

»Hast du keine Angst, dass er dich erwischt?«

»Pah, ich bin doch nicht so feige wie du! Außerdem ist er beschäftigt. Er bastelt im Keller an seiner Erfindung. Vor dem Abendessen kommt er bestimmt nicht herauf«, behauptete Michael.

Die meiste Zeit verbrachte der Professor im Keller. Weiß der Himmel, was er dort tat! Die Kinder sahen ihren Onkel gewöhnlich nur bei den Mahlzeiten. Frau Schneider rang manchmal verzweifelt die Hände, denn oft wurde das Essen kalt, ohne dass sich der Professor blicken ließ. Über seiner Arbeit konnte er alles andere vergessen.

Michael wähnte sich daher sicher. Die Bibliothek des Professors befand sich im Erdgeschoss, eben hinter jener Tür, die Onkel Ambrosius bei der Ankunft der Kinder so unsanft aufgerissen hatte. Der Junge vergewisserte sich, dass Frau Schneider in der Küche zu tun hatte und die Luft rein war, dann schlich er in den Raum.

»Sicher mehr als tausend Bücher!« Michael legte den Kopf schief, um die Titel zu entziffern. Die Regale reichten bis zur Decke. »Handbuch der Physik. Das Problem der Zeitverschiebung aus der Sicht der Relativitätstheorie.« Das klang nicht gerade nach einem Krimi! Im Gegenteil, die Bücher schienen ausgesprochen langweilig zu sein. Michael suchte eine Weile herum und fand nichts. Als er schon aufgeben wollte, entdeckte er ein Buch, auf dessen Rücken ein goldener Totenkopf prangte.

»Gruselgeschichten!« Erfreut zog Michael das Buch aus dem Regal und las voller Enttäuschung: »Lexikon der Gifte«.

»Verflixt! Wieder nichts!« Er wollte das Buch zurückstellen, als ihn plötzlich die Neugier packte. Warum besaß Onkel Ambrosius ein solches Buch? Was hatte er mit Giften zu tun? Michael begann zu blättern. Auf einmal fuhr er zusammen. Die Tür der Bibliothek ging auf, und der Professor kam herein. Sekundenlang starrten die beiden sich an.

Ausgerechnet an diesem Tag hatte sich der Onkel nicht im Keller aufgehalten. Aus der Nachbarstadt war nämlich ein Mechaniker gekommen, um das alte Auto im Schuppen zu reparieren. Es muckste sich nicht, wenn der Professor den Anlasser betätigte. Der Mechaniker hatte bald den Fehler ge-

funden. Während er das kaputte Teil auswechselte, kam dem Professor ein Einfall. Ein Problem, an dem er sich lange Zeit die Zähne ausgebissen hatte, ließ sich auf äußerst einfache Weise lösen.

Nachdem der Mechaniker fort war, stürzte Onkel Ambrosius in seine Bibliothek, um eine Formel nachzuschlagen. Zu seinem Erstaunen stieß er dort auf Michael.

»Zum Henker, was tust du hier?«, schrie der Professor erbost. »Habe ich euch nicht deutlich genug gesagt, dass ihr nichts anfassen sollt?« Und ehe sich der Junge versah, entriss ihm der Professor das Buch und stellte es ins Regal zurück.

»Sicher sind jetzt Eselsohren oder Fettflecken darin«, schimpfte er. »Das Buch ist nur noch antiquarisch zu bekommen und sehr wertvoll! Wehe, du hast es beschädigt! Dann wird es mir dein Vater ersetzen müssen!«

Michael starrte seinen Großonkel entsetzt an. Wie konnte dieser nur so etwas von ihm denken? »Ich habe nichts gemacht«, beteuerte er. »Ich weiß, wie man mit Büchern umgeht!«.

»Scher dich raus!«, brüllte der Onkel. »Du Schnüffler! Ich werde deinen Eltern schreiben, was für ein unverschämter Flegel du bist!«

Michael wurde ganz weiß. Tränen des Zorns stiegen in ihm auf. Abrupt drehte er sich um und lief hinaus. Nur weg von hier! Weg von diesem Tyrannen! Blindlings rannte er ins Freie. Er merkte nicht, dass Nieselregen seine Kleidung durchnässte und Heike ihm vom Fenster aus nachrief: »He, Michael, wohin?« Er wollte fort, nur fort! Egal, wohin. Nur nicht zurückkehren zu diesem fürchterlichen Menschen! Michael stolperte vorwärts, immer weiter in Richtung Moor.

»Michael, so warte doch!« Jemand keuchte hinter ihm her. Es war Heike. Michael wartete, bis seine Schwester herangekommen war.

»Was ist denn passiert? Du bist ja ganz nass! Hier, nimm den Schirm!«

»Er hat mich fürchterlich angebrüllt«, stieß Michael aus. »Nur, weil ich ein Buch in der Hand hatte!« Er ballte die Fäuste.

»Ich hasse ihn!« Auf Heikes Drängen hin erzählte er dann, was geschehen war.

Heike war nachdenklich. »Ich glaube, dass es ihm leidtut. Als ich weglief, stand Onkel Ambrosius an der Treppe. Er sah ziemlich bedrückt aus, ganz anders als sonst.«

»Blödsinn! Nichts tut ihm leid!«, widersprach Michael und kickte mit seiner Sandale Steinchen in eine Pfütze. »Schimpfen und Beleidigen – sonst kennt er nichts! Er ist unerträglich! Keine zehn Pferde bringen mich zurück! Lieber bleibe ich im Moor!«

»Sei kein Idiot!«, sagte Heike heftig. »Er hat sich eben aufgeregt. Seine Bücher sind ihm heilig. Genau wie dir deine Gruselromane. Du magst es ja auch nicht, wenn ich sie mir ohne deine Erlaubnis ausleihe.«

»Zu wem hältst du eigentlich?« Michael konnte sehr eigensinnig sein. »Warum stehst du plötzlich auf der Seite von Onkel Ambrosius? Du willst dich wohl bei ihm einkratzen? Feine Schwester!« Er verschränkte erbost die Arme.

Heike wurde wütend. Ihre grünen Augen glitzerten. »Du suchst wohl unbedingt Streit? Aber nicht mit mir! Bleib von mir aus hier draußen und mach, was du willst!« Sie drehte sich um und wollte gehen.

In diesem Augenblick tauchte ein großer schwarzer Hund auf. Er war plötzlich neben ihnen. Die Geschwister hatten ihn nicht kommen sehen. Das Tier stand im Nieselregen da, ohne sich zu rühren. In der Ferne schrie ein Brachvogel. Es war gespenstisch. Die Kinder hielten den Atem an.

»Moorteufel!«, rief eine Stimme. Hinter einem Weidenstrauch kam ein Junge hervor. Er trug einen grauen Regenumhang und schwarze Gummistiefel. In der Hand hielt er einen hellen Plastikeimer.

»Hallo«, sagte der Junge überrascht, als er die Geschwister sah. »Hat Moorteufel euch erschreckt? Moorteufel, hierher!« Der Hund gehorchte.

»Ist das dein Hund?«, fragte Heike.

Der fremde Junge nickte. »Ein Labrador. Man verwendet solche Hunde bei Scotland Yard, um Rauschgift aufzuspüren.

Moorteufel ist mein bester Freund. Mein Vater hat ihn mir geschenkt. Er war ein großer Hundeliebhaber.«

»Er war?«, wollte Michael wissen. »Mag er jetzt keine mehr?«

»Er ist tot«, sagte der Junge knapp.

Die Geschwister schwiegen betroffen. Heike betrachtete den Jungen. Er war etwa vierzehn Jahre alt. Weder ihm noch dem Hund schien der Regen viel auszumachen. Wahrscheinlich streiften die beiden oft bei schlechtem Wetter umher.

»Ich habe dich schon mal gesehen«, sagte Heike. Es war der Junge, den der Professor vom Hof gejagt hatte.

Der Fremde lachte und blickte auf. Eine schwarze Locke fiel ihm ins Gesicht. Sie hatte die gleiche Farbe wie Moorteufels Fell. »Ich kenne euch auch. Ihr verbringt bei dem alten Professor eure Ferien, nicht? Ich weiß sogar, wie ihr heißt.« Er grinste. »Kein Problem für den berühmten Detektiv Thomas Pahl! Übrigens wohne ich gleich nebenan. Frau Schneider kommt manchmal zu uns, um Eier zu holen. Sie hat meinen Eltern von euch erzählt.«

»Eltern?«, fragte Heike. »Ich dachte, du hast keinen Vater mehr.«

»Meine Mutter hat vor einem halben Jahr wieder geheiratet. Dann sind wir in dieses Kaff gezogen.« Thomas musterte die beiden. »Ich wette mit euch um Moorteufel, dass ihr Ärger mit dem Professor habt.«

»Stimmt! Woher weißt du das?« Michael war verblüfft.

»Man muss nur kombinieren können! Erstens: Der Professor ist von Haus aus kein freundlicher Mensch. Zweitens: Bei einem solchen Sauwetter spaziert kein Normalsterblicher im Moor herum.«

»Und du?«, gab Heike zurück.

»Ich gehe meinem Stiefvater meistens aus dem Weg. Er kann Moorteufel nicht leiden. Ich bin oft hier. Außerdem hatte ich zu tun.« Der Junge hielt den Eimer hoch. »Hier.«

Schlamm und Wasser schwappten darin. Zwei bernsteinäugige Frösche schwammen an der Oberfläche.

»Toll!« Heike beugte sich neugierig über den Eimer. »Gibt es hier solche großen Frösche?« Im Gegensatz zu ihren Klassenkameradinnen ekelte sie sich vor Fröschen überhaupt nicht.

»Ich habe sie für meinen Gartenteich gefangen«, erklärte Thomas und sah die Geschwister erwartungsvoll an. Als Heike und Michael nichts erwiderten, fragte er: »Fällt euch nichts auf?«

Die beiden zuckten ratlos mit den Schultern.

»Ist Frösche fangen nicht verboten?«, versuchte es Heike. »Stehen die nicht unter Naturschutz?«

»Genaugenommen habe ich sie gerettet«, erklärte Thomas. „Der Tümpel ist nämlich fast ausgetrocknet. – Aber, Mann, ihr habt echt nicht begriffen, worum es geht. Für einen richtigen Detektiv gibt es nur eines: Misstrauen! Frage: Habe ich überhaupt einen Gartenteich? Antwort: Nein!«

Die Geschwister fanden Thomas immer merkwürdiger.

»Wozu hast du die Frösche dann überhaupt gefangen?«, fragte Michael. »Und wo sollen die armen Kerlchen jetzt wohnen?«

»Ich bringe sie natürlich zum Dorfteich.« Thomas blinzelte. »Kann ich euch vertrauen? Haltet ihr dicht? Auch gegenüber dem Professor?«

Was hatte Onkel Ambrosius mit Thomas' Fröschen zu tun? Die Geschwister sahen sich befremdet an. »Los, erzähl schon«, drängte Michael.

»Also«, begann Thomas geheimnisvoll, »jeder, der zufällig hier vorbeikommt, soll mich für einen harmlosen Jungen halten, der Frösche rettet. Kapiert? Doch das ist nur meine Tarnung. In Wirklichkeit bin ich unterwegs, um ungestört beobachten zu können.«

»Die Frösche beobachten?«, fragte Heike, die noch immer nichts verstand.

»Quatsch! Kommt mit, ich zeige euch etwas. Aber Vorsicht!« Thomas führte die beiden ein Stück durchs Moor auf einen kleinen Erdhügel, der dicht mit Weiden bewachsen war. Sachte schob Thomas die Zweige beiseite. »Schaut! Dort drüben!«

»Nur ein graues Auto, das auf einem Feldweg parkt«, sagte Heike. »Na und?«

Thomas zögerte. »Ich weiß nicht, ob ich euch einweihen soll. Aber vielleicht seid ihr in Gefahr.«

»Wir?« Heike riss ungläubig die Augen auf. »Erzähl keinen Mist!«

»Na, möglicherweise könnt ihr mir sogar helfen.« Unwillkürlich dämpfte Thomas seine Stimme. »Ich beobachte den grauen Opel seit etwa drei Wochen. Er fiel mir auf, weil niemand in Obereichenbach einen solchen Wagen fährt. Er steht immer an der gleichen Stelle, und die ganze Zeit über sitzt ein Mann mit einem Fernglas darin. Als das Auto einmal weg war, ging ich hin und entdeckte, dass man von der Stelle aus genau das Haus des Professors sehen kann. Euer Onkel wird beschattet!«

»Und warum?«, fragte Michael atemlos.

»Ich nehme an, dass die Kriminalpolizei einen Verdacht hat. Vor einem halben Jahr – kurz nachdem wir hierhergezogen sind – war die Polizei einmal bei dem Professor. Angeblich wegen nächtlicher Ruhestörung. Wahrscheinlich wollte sich die Polizei ein wenig bei ihm umsehen, konnte jedoch nichts Verdächtiges finden. Ich denke, dass der Professor rechtzeitig gewarnt worden ist.«

»Unser Onkel soll ein Verbrecher sein?«, zweifelte Heike. Zwar war der Professor ein absonderlicher Mensch, aber genügte das, um ihn zu verdächtigen?

»Warum wird er sonst von einem Detektiv überwacht?«, beharrte Thomas. »Irgendetwas stimmt nicht mit ihm. Und ich werde es herauskriegen, darauf kannst du Gift nehmen.« Er blickte finster drein. »Mein größter Wunsch ist es, später Detektiv zu werden. Mein Stiefvater ist aber dagegen. Er hält es für eine dumme Kinderei! Wenn es mir jedoch gelingt, den Professor zu überführen und der Polizei auszuliefern, dann denkt mein Stiefvater vielleicht anders darüber.«

»Wir helfen dir«, versprach Michael, der eine Gelegenheit sah, sich an Onkel Ambrosius zu rächen.

Heike zögerte. Ihr gefiel Thomas' Verdacht nicht. Doch weil sie merkte, dass die beiden Jungen auf ihre Antwort warteten, sagte sie: »Na gut.«

»Ihr müsst Augen und Ohren offenhalten. Vielleicht findet ihr etwas Verdächtiges. Doch seid vorsichtig, wenn ihr ihm nachspioniert, und hinterlasst keine Spuren!«

»Von wegen nachspionieren!«, klagte Michael. »Onkel Ambrosius passt auf wie ein Schießhund!«

Thomas streichelte nachdenklich seinen Hund. »Das Beste wäre, wenn ich mir selbst einmal das Haus ansehen könnte.«

»Warum besuchst du uns nicht einfach?«, schlug Michael vor. »Frau Schneider hat bestimmt nichts dagegen. Du bist ja jetzt unser Freund. Und sechs Augen sehen mehr als vier!« Heike nickte.

»Zwar fürchte ich, dass mich der Professor gleich hinauswirft, wenn er mich erblickt, aber ein Versuch kann immerhin nicht schaden«, sagte Thomas und lachte. »Außerdem habe ich im schlimmsten Fall noch Moorteufel.« Der Hund bellte, als er seinen Namen hörte.

Als die Kinder später nach Hause gingen, kamen sie sich wie Verschwörer vor.

»Vielleicht werden die Ferien doch noch aufregend!«, hoffte Michael. Damit sollte er recht behalten.

Ein Haus voller Geheimnisse

Bereits in der folgenden Nacht ereignete sich etwas Ungewöhnliches. Kurz nach Mitternacht wurden die Kinder durch einen dumpfen Knall geweckt. Das ganze Haus dröhnte. Heike schnellte hoch. Was war das? Ihr Herz klopfte laut. Hastig schlüpfte sie aus dem Bett und auf den Gang hinaus. Auf der Treppe traf sie Michael.

»Hast du es auch gehört?«

Michael nickte. Im gleichen Augenblick ließ ein neuer Knall die Kinder zusammenfahren. Die Geschwister erbleichten.

»Das Haus explodiert! Wir müssen raus!« Michael zog seine Schwester die Treppe hinunter. Als sie die Haustür erreichten, kam gerade der Onkel aus dem Keller. Der Professor wirkte sehr erschöpft. Gesicht und Anzug waren rußverschmiert. Auf der Wange hatte er einen langen Kratzer. Seltsamerweise brauste er diesmal nicht auf, als er die Kinder sah.

»Seid ihr aufgewacht?«, fragte er sanft. »Keine Angst, es ist nichts geschehen. Ihr braucht euch nicht zu fürchten.« Er legte seine Arme um die Schultern der Kinder. Das hatte er noch nie getan. Die Geschwister blickten ihn erstaunt an. In seinen Augen glomm ein merkwürdiges Leuchten.

»Ihr könnt ruhig wieder schlafen gehen. Es wird nicht mehr knallen. Ich habe den Fehler gefunden …« Jetzt sprach der Professor halb mit sich selbst. »Ich habe es geschafft … endlich … nach all den Jahren …«

»Was hast du geschafft?«, fragte Michael.

Der Professor erwachte. Er ließ die Arme hinabgleiten, sein Gesicht verschloss sich, und er sagte barsch: »Geht schlafen! Kinder haben um diese Zeit im Bett zu liegen! Ab mit euch!«

Widerwillig stiegen die Geschwister die Treppe hinauf. Als sie sich umdrehten, sahen sie, dass sich der Professor noch nicht vom Fleck gerührt hatte. Er lehnte reglos am Geländer und starrte vor sich hin.

»Er kommt mir immer merkwürdiger vor«, flüsterte Heike. »Glaubst du, er ist tatsächlich ein Verbrecher?«

»Wir müssen unbedingt herausfinden, was er im Keller treibt!«, sagte Michael entschlossen.

Nachdem die Kinder wieder in ihren Betten lagen, konnte Heike lange nicht einschlafen. Warum verriet der Onkel nicht, woran er arbeitete? Tat er etwas Verbotenes? Hatte Thomas recht? Als das Mädchen endlich in unruhigen Schlaf fiel, dämmerte es draußen bereits.

Am nächsten Morgen erschien Onkel Ambrosius nicht zum Frühstück.

»Er ist schon ganz früh in die Stadt gefahren, um Ersatzteile zu besorgen«, berichtete Frau Schneider. »Hoffentlich seid ihr von dem Krach in der Nacht nicht aufgewacht.«

Heike wollte antworten, doch Michael trat ihr ans Schienbein.

»Wir haben fest geschlafen«, log er. »Was war denn los?«

»Dem Professor ist wieder etwas kaputtgegangen«, sagte Frau Schneider und schob den Kindern ein Glas hin. »Versucht doch mal die Johannisbeermarmelade.«

»Hmmm! Sehr gut!«, lobte Michael. Dann fragte er beiläufig: »Woran arbeitet Onkel Ambrosius eigentlich?«

»Ach, an diesem und jenem. Ich kenne mich ja da nicht so aus. Ich finde nur, dass der Professor viel zu viel arbeitet. Er gönnt sich keine Ruhe.«

Im selben Moment klingelte es. Frau Schneider verließ die Küche und kam wenig später mit Thomas zurück.

»Hallo!« Er grinste. »Oh, ihr seid noch beim Frühstück. Ich dachte mir, wir könnten heute etwas zusammen unternehmen. Deswegen bin ich schon da.«

»Setz dich doch! Möchtest du etwas essen?« Thomas hockte sich auf die Stuhlkante.

»Wo hast du denn Moorteufel gelassen?«, erkundigte sich Heike.
»Zuhause. Er ist noch mit dem Knochen beschäftigt, den ich ihm gegeben habe. Wahrscheinlich wird er sich den ganzen Vormittag daran die Zähne ausbeißen. Übrigens gibt es noch härtere Dinge als Knochen. Manch einer versucht, eine Nuss zu knacken, und wartet vergeblich auf eine günstige Gelegenheit.«

Thomas scheint eine Vorliebe für Rätsel zu haben!, dachte Heike.

»Wollt ihr einen Ausflug machen?«, schlug Frau Schneider vor. »Heute ist wirklich herrliches Wetter. Ich mache euch Brote zurecht, ja?«

Thomas sah zum Fenster hinaus, krauste die Stirn und wiegte nachdenklich den Kopf. »Das Wetter ist trügerisch. Ich würde den Ausflug lieber verschieben.«

»Ach was! Strahlend blauer Himmel!«, rief Frau Schneider entrüstet.

»Es sieht eher nach Gewitter aus«, sagte Thomas.

Michael wollte widersprechen, doch plötzlich verstand er. »Ja, gestern ist im Radio Gewitter gemeldet worden. Ich habe es zufällig gehört«, ergänzte er. »Stellen Sie sich nur vor, Frau Schneider, wenn wir unterwegs von einem Unwetter überrascht werden!«

»Es sind schon sehr viele Menschen vom Blitz erschlagen worden«, bekräftigte Thomas. »Ich würde auf Nummer sicher gehen und zuhause bleiben.«

Frau Schneider räumte brummig den Tisch ab. »Von Gewitter habe ich im Radio nichts gehört. Aber wenn ihr keinen Ausflug machen wollt – ich zwinge euch nicht dazu!« Sie war ein bisschen beleidigt, weil ihr Vorschlag bei den Kindern keinen Anklang gefunden hatte.

Als sie die Küche verlassen hatte, platzte Thomas heraus: »Die Gelegenheit ist günstig. Der Professor ist fort – jetzt kommt unsere Stunde! Am besten durchsuchen wir zuerst den Keller. Es wäre doch gelacht, wenn wir nicht hinter das Geheimnis des Professors kämen!«

»Und wenn Frau Schneider uns beim Schnüffeln erwischt?«, wandte Heike ein.

»Ach, die ist doch harmlos. Wir erzählen ihr einfach, dass wir Mausefallen aufstellen wollten oder so«, sagte Thomas.

Sein Eifer wirkte ansteckend. Wenig später huschten die Kinder unauffällig die Kellertreppe hinunter. Frau Schneider war mit dem Saubermachen beschäftigt, und so konnten die drei ungestört im Keller stöbern.

»Alles sieht recht normal aus. Doch das kann täuschen.« Thomas ließ seinen Blick umherschweifen. In den Ecken stapelte sich Gerümpel: Kartons, leere Flaschen, alte Fahrradschläuche und so weiter. Die Kinder gingen von einem Raum zum anderen. Vorratskeller und Waschküche erschienen ihnen uninteressant, und sie suchten in einem anderen Teil des Kellers weiter.

»Hier! Ich habe etwas gefunden!«, rief Heike plötzlich. Sie versuchte, eine Tür aufzudrücken. »Abgesperrt! So ein Mist! Wetten, dass da drinnen das ist, wonach wir suchen?«

»Lass mich mal sehen.« Thomas untersuchte das Schloss. »Natürlich sperrt der Professor ab, wenn er nicht da ist! Verflixt! Was machen wir nun?« Verzweifelt stemmte er sich gegen die Tür. Sie gab auf einmal nach.

»Na also!« Mit einem Blick auf Heike meinte Thomas triumphierend: »Türen, die klemmen, sind für mich kein Problem!«

»Heike kriegt in Zukunft zum Frühstück immer Kraftfutter«, feixte Michael.

Die Kinder betraten den Raum. Finsternis umgab sie. Thomas fand den Lichtschalter, und eine Neonröhre flammte auf. Sie waren in einem Laboratorium. Neugierig sahen sie sich um.

»Interessant!«, sagte Thomas. Auf einem langen Holztisch standen einige Gläser mit Spiritus. Darin schwebten mehrere Frösche in verschiedenen Größen. Es gab auch Glasröhrchen mit farbigen Flüssigkeiten. Thomas nahm eines der kleinen Messer vom Tisch und strich prüfend über die Klinge. »Äußerst interessant.«

Als Thomas das Messer zurücklegte, stieß Michael einen Schrei aus. Er hatte einen Schrank in der Ecke geöffnet. Darin stand ein Skelett. Es starrte den Jungen aus leeren Augenhöhlen an. Michael stolperte entsetzt zurück. Zwar hatte er

normalerweise nichts gegen Skelette – vorausgesetzt, sie kamen in Gruselgeschichten vor! Aber Auge in Auge mit einem echten Skelett …

Thomas stürzte herbei. Er stutzte einen Augenblick lang, dann streckte er den Zeigefinger aus und fuhr langsam an einer Rippe des Skeletts entlang. Die Geschwister sahen ihm voller Abscheu zu.

»Pah! Das Zeug ist ja nicht einmal echt! Bloß Plastik«, stellte Thomas fest. »Und was noch interessanter ist«, er hielt den Zeigefinger hoch: »Staub!«

»Staub?«, wiederholte Michael.

»Jawohl! Überall Staub! Im ganzen Labor liegt Staub. Es ist lange nicht mehr benutzt worden.«

»Aber der Onkel ist doch jeden Tag hier unten«, widersprach Heike.

Thomas legte den Finger an die Nase und dachte nach. »Hat in diesem Haus nicht früher ein Arzt gewohnt? Das Labor stammt sicher noch von ihm. Der Professor hat hier alles so gelassen, wie es war.«

»Und warum gibt er den Krempel nicht einfach zum Sperrmüll?«, fragte Heike.

»Das ist doch sonnenklar! Das Labor dient zur Tarnung. Man soll es für das echte halten«, folgerte Thomas. »Also gibt es hier im Keller noch ein zweites Labor – nämlich das richtige!«

»Und wo? Wir haben schon alles durchsucht!«

»Dann müssen wir eben nochmal von vorne anfangen. Der Professor ist raffinierter, als ich gedacht habe!«

Die Kinder begannen erneut herumzustöbern. Aber obwohl sie jeden Winkel erforschten, fanden sie nichts.

»Es muss da sein!«, beharrte Thomas. Die Kinder suchten weiter. Heike wurde die Sache langsam zu dumm. Ihr taten die Beine weh, und sie beschloss, sich einen Moment lang auf dem alten Hocker auszuruhen, der in einer Ecke stand. Als sie darauf zuging, stieß sie mit dem Fuß an ein Marmeladenglas. Es fiel um, zerbrach aber zum Glück nicht.

»Warum machst du solchen Lärm?«, zischte Michael vorwurfsvoll.

»Kann ich etwas dafür, wenn überall die blöden Gläser herumstehen?«, verteidigte sich Heike. »Ich kapiere nicht, warum Frau Schneider ihre Einmachgläser einfach auf den Boden stellt. Warum benutzt sie nicht das Regal dort drüben? Es ist ganz leer!«

Thomas wurde aufmerksam. »Merkwürdig. Ein Regal für Einmachgläser ohne Einmachgläser.« Er klopfte das Regal ab. »Morsch ist es nicht. Dann muss es einen anderen Grund geben, warum es leer ist!«

Er untersuchte den Steinboden vor dem Regal. »Hier! Eine Schleifspur! Sie geht vom Regal aus. Eine Geheimtür!«

Gemeinsam versuchten die Kinder, das Regal beiseite zu rücken. Doch es rührte sich nicht.

»Es muss einen Mechanismus geben, der das Regal bewegt«, vermutete Thomas. Stück für Stück suchten die Kinder das Holz ab. Michael fand schließlich unter dem zweiten Regalbrett von unten einen verborgenen Hebel. Kaum hatte er ihn bewegt, schwang das Regal lautlos im Halbkreis von der Wand. Dahinter wurde eine Stahltür sichtbar. Diesmal nützte alles Rütteln nichts. Sie war abgeschlossen!

»Verflixt!«, stieß Thomas aus. »So kurz vor dem Ziel! Wir müssen die Tür aufkriegen! Dahinter ist das Labor!«

»Pssst! Hört! Es hat geklingelt!«, flüsterte Heike aufgeregt. »Der Onkel kommt zurück! Nichts wie weg!«

Schon hörten die Kinder von oben eine Männerstimme. Hastig drückten sie das Regal an die Wand und eilten zur Treppe. Keiner von ihnen bemerkte, dass das Regal nicht richtig eingerastet war, sondern langsam wieder aufschwang …

Auf der Treppe kamen ihnen Frau Schneider und ein Kaminfeger entgegen.

»Nanu, was macht ihr denn im Keller?«, wunderte sich die Frau.

»Wir haben Draht gesucht, um uns einen tragbaren Blitzableiter zu bauen«, flunkerte Thomas. »Wir wollen nämlich doch noch einen Ausflug machen.«

»Was für Einfälle!« Die Haushälterin schüttelte den Kopf.

Michael und Thomas konnten sich das Lachen kaum noch verbeißen. Heike dagegen starrte wie gebannt auf die linke

Hand des Kaminfegers. Über seinen Handrücken lief eine dicke rote Narbe.

Während die Kinder hinaufgingen, führte Frau Schneider den Kaminfeger in den Keller. »Sind Sie neu in Obereichenbach?«, fragte sie. »Ist denn Herr Meier nicht mehr da?«

»Ich bin nur die Urlaubsvertretung«, erwiderte der Kaminfeger. Seine Augen in dem rußgeschwärzten Gesicht huschten lebhaft umher.

Frau Schneider blieb im Gang stehen und wies auf ein kleines Eisentürchen. »Hier ist die Klappe zum Kamin. Sie kommen allein zurecht, ja? Ich muss nach dem Mittagessen schauen, sonst brennt es mir an.«

»Ja, ja, gehen Sie nur!« Der Kaminfeger machte sich an die Arbeit.

Aber kaum war Frau Schneider verschwunden, ließ er seinen Besen fallen. »Hoffentlich kommt die Alte mir nicht mehr in die Quere!« Er zog ein Gerät aus der Tasche, das wie ein Kugelschreiber aussah. Er drehte an der Kappe. Sofort begann das Gerät leise zu piepen.

»Jetzt soll das Ding mal zeigen, was es kann.« Der Kaminfeger wandte sich nach links: Das Piepen nahm ab. Dann drehte er sich nach rechts, und das Piepen wurde lauter. »Aha, da entlang!« Der Kaminfeger ging in den Vorratskeller. Sofort sah er das verschobene Regal. Ein breites Grinsen erschien auf seinem Gesicht. »Der alte Trick mit der Geheimtür! Typisch Ambrosius Köhler! Genau wie mein Chef gesagt hat!« Der falsche Kaminfeger ging zum Regal, fand rasch den Mechanismus und schob es ganz beiseite. Dann untersuchte er die Stahltür. Sein Gerät piepte so laut, dass er es abschalten musste. »Es ist wahr! Dahinter ist es!« Er prüfte das Schloss und lachte. »Mit dem richtigen Werkzeug ein Kinderspiel! Wenn der Professor nicht freiwillig mitmacht …«

Da hörte er auf der Kellertreppe Schritte. Schnell drückte er das Regal an die Wand, bis es einrastete. Dann lief er zurück und schlug in dem Moment die Klappe zu, als Frau Schneider den Gang betrat.

»So, fertig!«, verkündete der Kaminfeger und schulterte seinen Besen.

»Das ging aber schnell«, meinte Frau Schneider. »Müssen Sie heute nicht auf den Dachboden?«

»Nein, heute nicht.« Der Kaminfeger hatte es plötzlich eilig. »Das macht Herr Meier, wenn er wiederkommt.«

Was verbirgt der Professor?

Die Entdeckung der Geheimtür hatte die Kinder in helle Aufregung versetzt. Warum all die Heimlichtuerei? Was versteckte Onkel Ambrosius?

Michael mit seiner blutrünstigen Phantasie dachte natürlich zuerst an Leichen. »Vielleicht ist er eine Art Blaubart«, vermutete er, als die Kinder in Heikes Zimmer saßen. »Er hat eine Menge Frauen geheiratet, um an ihr Geld zu kommen, sie dann umgebracht und hinter der Geheimtür versteckt.«

»Quatsch!«, widersprach Heike. »Er war doch nie verheiratet!«

Michael hatte sofort einen neuen Einfall, der noch gruseliger war: »Vielleicht schleicht er sich nachts auf den Friedhof und holt Leichen, um daraus einen künstlichen Menschen zu machen! Wie Frankenstein!«

»Hör sofort mit diesen Schauermärchen auf!«, befahl Heike. »Mörder! Leichenschänder! Glaubst du im Ernst, dass Onkel Ambrosius so etwas ist?«

»Ich traue ihm alles zu«, antwortete Michael finster.

»Man soll die Leute nicht unterschätzen«, sagte Thomas. »Hinter einem harmlosen Gesicht verbirgt sich oft ein übler Charakter.«

»Und mancher, der wie ein Verbrecher aussieht, kann trotzdem unschuldig sein«, sagte Heike. »Und jemand, der sich seltsam benimmt, muss deswegen noch lange kein Mörder sein.«

»Ich glaube langsam, dass Heike mit dem Professor gemeinsame Sache macht«, sagte Michael. »Es ist doch merkwürdig, wie sie ihn in Schutz nimmt!«

Heike blitzte ihren Bruder wütend an. »Du bist wirklich ein Idiot! Ich will nur nicht, dass wir Onkel Ambrosius zum Verbrecher abstempeln, bevor wir Beweise haben.«

»Ist das geheime Labor etwa kein Beweis?«

»Vielleicht erfindet er tatsächlich nur Dinge, wie er immer sagt. Wie zum Beispiel die Heidelbeerpflückmaschine vor ein paar Jahren. Ich verstehe nicht, was daran strafbar ist.«

»Aber man kann auch gefährliche Dinge erfinden«, sagte Thomas. »Atombomben zum Beispiel. Oder einen Roboter, der Menschen angreift.«

»Möglich«, gab Heike zu.

»Jedenfalls stimmt etwas nicht. Wenn der Professor wirklich nur ein harmloser Erfinder wäre, warum versteckt er dann sein Labor hinter einer Geheimtür?«, fragte Thomas.

Alles Herumrätseln führte zu nichts. Die Kinder tappten noch genauso im Dunkeln wie zuvor.

»Wir müssen an den Laborschlüssel kommen. Versucht herauszukriegen, wo der Professor ihn aufbewahrt. Aber seid vorsichtig! Er darf nichts ahnen!«, sagte Thomas, bevor er sich verdrückte. Inzwischen war nämlich Onkel Ambrosius zurückgekommen, und Thomas hatte keine Lust, ihm zu begegnen. Kaum war der Junge fort, rief Frau Schneider zum Mittagessen. Unglücklicherweise erwähnte die Haushälterin während der Mahlzeit den tragbaren Blitzableiter.

»Was für ein Unsinn!«, donnerte der Professor. Er sah die Kinder zornig an. »Habt ihr denn überhaupt keinen Verstand? Wisst ihr nicht, dass Metall den elektrischen Strom leitet und ihr erst recht vom Blitz erschlagen werdet, wenn ihr einen Blitzableiter wie einen Regenschirm mit euch herumtragt?«

Wie sollten die Kinder erklären, dass alles nur ein Scherz gewesen war, um Frau Schneider abzulenken? Besser, sie stellten sich unwissend! Mit schuldbewussten Gesichtern ließen sie den Vortrag des Professors über sich ergehen. Er belehrte sie ausführlich über Blitze und warum es Blitzableiter auf den Hausdächern gab. Heike und Michael unterdrückten ein Gähnen und waren heilfroh, als sie endlich vom Tisch aufstehen durften.

»Mann!«, stöhnte Michael, als sie draußen waren. »Warum musste sie ausgerechnet mit dem Blitzableiter anfangen!«

»Onkel Ambrosius wäre bestimmt noch viel wütender, wenn er wüsste, was wir wirklich im Keller gesucht haben«, meinte Heike.

Bereits wenige Tage später ereignete sich etwas, das den Verdacht der Kinder in völlig neue Bahnen lenkte.

Es war Freitagnachmittag. Die Geschwister saßen bei Kakao und Kuchen in der Küche. Frau Schneider war gleich nach dem Mittagessen weggegangen, um eine Bekannte zu besuchen. Der Professor arbeitete in seiner Bibliothek und hatte ausdrücklich verlangt, nicht gestört zu werden. Die Kinder vermissten Thomas.

»Ich glaube nicht, dass er noch kommt«, sagte Michael und stopfte das fünfte Stück Nusskuchen in sich hinein. »Er muss doch den grauen Opel beobachten.«

Es klingelte. »Thomas?«, vermutete Heike. »Oder Frau Schneider? Aber die hat doch einen Schlüssel.« Sie stand auf, um zu öffnen.

Vor der Haustür wartete ein fremder Herr in einem grauen Anzug. In der Hand trug er einen schwarzen Aktenkoffer. »Guten Tag. Ist Herr Professor Köhler zu Hause? Ich muss ihn in einer wichtigen Angelegenheit sprechen.« Der dunkelblonde Fremde lächelte.

Heike fühlte sich plötzlich unbehaglich. Waren die stahlblauen Augen hinter der goldumrandeten Brille schuld? Der Blick schien sie förmlich zu durchbohren. Sie schluckte. »Onkel Ambrosius möchte nicht gestört werden.«

»Für mich wird er bestimmt Zeit haben. Es ist wirklich außerordentlich wichtig.« Der Fremde reichte Heike seine Visitenkarte: »Dr. rer. nat. Heinrich Stein.«

Heike zögerte. »Ich werde es versuchen.« Sie ließ Herrn Stein in der Tür stehen und ging zur Bibliothek. Zaghaft klopfte sie.

»Herein!«, ertönte es ärgerlich.

Heike trat ein. Onkel Ambrosius saß an seinem großen Schreibtisch und sah unwillig von der Arbeit auf. Bücher und

Blätter mit Notizen lagen über den ganzen Tisch verstreut. Heike erhaschte einen Blick auf einen Bogen: »Beobachtungen aus dem dreißigjährigen Krieg«. Sie stutzte. Seit wann interessierte sich der Onkel für Geschichte? Er war doch Professor der Physik!

»Was willst du?«, fauchte der Onkel.

»Ein Herr möchte dich sprechen. Hier!« Schüchtern reichte Heike dem Professor die Visitenkarte. Doch dieser achtete gar nicht darauf. Er sah an Heike vorbei zur Tür und raffte dann hastig seine Blätter zusammen. Als sich Heike umdrehte, stellte sie fest, dass Dr. Stein ihr gefolgt war.

»Werter Herr Professor! Wie freue ich mich, Sie nach all den Jahren wiederzusehen!« Der Fremde lächelte honigsüß und trat auf Herrn Köhler zu.

Der Professor erhob sich. Eine tiefe Falte stand zwischen seinen Augenbrauen. »Ich kann nicht behaupten, dass ich mich freue.« Absichtlich übersah er die Hand, die Herr Stein ihm zum Gruß hingestreckt hatte.

»Warum haben Sie denn meine Briefe nicht beantwortet, lieber Herr Professor?«

»Ich hatte meine Gründe.«

»Immer noch böse wegen der alten Sache?« Dr. Stein lachte gezwungen. »Aber, aber … Wer wird denn so nachtragend sein?«

Jetzt bemerkte der Onkel, dass Heike noch im Zimmer war. Er scheuchte sie hinaus. Heike gehorchte. Als sie die Tür hinter sich schließen wollte, legten sich Finger um ihr Handgelenk. Heike erschrak, aber es war nur Michael.

»Lass die Tür einen Spalt offen«, raunte er. Die Kinder hielten den Atem an und lauschten, um das Gespräch zu verfolgen.

»Sie wissen, weswegen ich hier bin?«, fragte Dr. Stein.

»Ja. Und meine Antwort ist nein. Sie verschwenden nur Ihre Zeit!«

»Zeit?« Der Fremde lachte kurz. »Ich glaube, Zeit haben wir genug!«

»Ersparen Sie sich Ihre Anspielungen! Meine ehrenwerten Kollegen haben damals klipp und klar bewiesen, dass meine

Theorie falsch ist. Erinnern Sie sich? Das Ganze funktioniert nicht.«

»Aber Herr Professor! Das wissen Sie und ich doch besser. Hören Sie sich erst einmal mein Angebot an. Eine Zusammenarbeit bringt uns beide weiter.«

»Nein. Ich mache nicht mit! Guten Tag!«

»So leicht werden Sie mich nicht los, Herr Köhler. Sie sind schon weiter in diese Angelegenheit verstrickt, als Sie denken. Überlegen Sie sich gut, was Sie sagen – es könnte sonst böse Folgen haben!«

»Wollen Sie mir etwa drohen?«

»Wenn Sie es so auffassen!«

»Hinaus!« Schritte näherten sich der Tür. Die Kinder zogen sich rasch zurück.

Der Professor riss die Tür auf. »Gehen Sie! Augenblicklich! Meine Geduld ist zu Ende!«

»Warten Sie«, sagte Dr. Stein. »Ich habe noch einen anderen Vorschlag.« Damit zog er den Professor wieder ins Zimmer und schloss die Tür.

»Mist!«, sagte Michael. »Die Tür ist innen gepolstert. Wir verstehen kein Wort mehr! Gerade, wenn es interessant wird!«

»Vielleicht ist das Fenster der Bibliothek offen«, hoffte Heike. Sie war ganz aufgeregt. »Los, schnell!« Leise huschten die Kinder nach draußen und schlichen ums Haus. Doch das Fenster war geschlossen. Sie hörten nur noch undeutliches Murmeln.

Michael zog sich am Fensterbrett hoch. Heike half ihm. Der Junge lugte vorsichtig ins Zimmer. Dann pfiff er überrascht durch die Zähne und ließ sich wieder fallen. »Geld! Himmel, was für eine Menge! Es müssen Tausende sein. Bündelweise Fünfzig-Mark-Scheine lagen auf dem Tisch. Und der andere hat sie in seinen Koffer eingepackt.«

Die Kinder starrten sich fassungslos an.

»Falschgeld!«, flüsterte Michael. »Nun ist es klar, was der Professor im Keller macht!«

»Das müssen wir sofort Thomas sagen«, schlug Heike vor.

Die Kinder rannten los. Sie waren noch keine hundert Me-

ter vom Haus entfernt, als hinter ihnen ein Motor aufheulte. Dann sahen sie den Fremden in seinem weißen Mercedes davonfahren.

»Mensch, der hat's aber eilig!«

»Komm weiter, Michael!«

Auf der falschen Fährte!

Die Geschwister fanden Thomas auf seinem üblichen Beobachtungsposten. Moorteufel wollte die beiden freudig begrüßen, doch diesmal hatten Heike und Michael keine Zeit für den Hund.

»Eine Riesen-Neuigkeit! Wir kennen das Geheimnis von Onkel Ambrosius!« Aufgeregt berichtete Michael, was vorgefallen war.

»Das ist der Beweis!«, stimmte Thomas zu. »Alles ist nun klar: Das geheime Labor ist in Wirklichkeit eine Geldfälscherwerkstatt. Der Besucher ist ein Komplize von eurem Onkel, der das Geld in Umlauf bringen muss.«

»Aber warum haben sie sich gestritten?«, fragte Heike.

»Wahrscheinlich ging es um den Gewinnanteil«, vermutete Thomas. »Nun ist es an der Zeit, dass die Polizei eingreift. Ihr beide habt gute Arbeit geleistet! Ich wette, der Detektiv da drüben hat noch immer keinen blassen Schimmer, was der Professor treibt. Freunde, ich schätze, wir müssen ihm einen heißen Tipp geben. Na, der wird vielleicht Augen machen!«

Die Kinder liefen quer durchs Moor auf den grauen Opel zu, der wie gewohnt auf dem einsamen Feldweg stand. Thomas sah in Gedanken schon die Schlagzeile in der Zeitung: DREI KINDER ENTLARVEN GEFÄHRLICHEN FALSCHMÜNZER! Wie würde sein Stiefvater staunen!

Heike riss Thomas aus seinen Träumen. »He, seht mal! Mensch, ich werde verrückt! Ist das nicht das Auto von dem Kerl, der vorhin bei Onkel Ambrosius war? Was will der denn hier?«

Ein weißer Mercedes kam langsam den Feldweg entlanggefahren und hielt hinter dem grauen Opel. Die beiden Fahrer stiegen aus und gingen aufeinander zu.

»Das kann kein Zufall sein!«, grübelte Thomas. »Das Ganze passt nicht zusammen. Was will der Komplize bei der Polizei? Den Professor verpfeifen? Da stimmt etwas nicht! Los, wir schleichen uns an! Aber Achtung, sie dürfen uns nicht bemerken!«

Vorsichtig pirschten sich die Kinder näher. Rechts vom Feldweg war ein langer Graben, den sie als Deckung benutzten. Moorteufel benahm sich vorbildlich und gab keinen Laut von sich. Schließlich waren die Kinder in Höhe der beiden Wagen. Sachte erklommen sie die Böschung. Sie pressten sich dicht auf den Boden und spähten durchs Gebüsch.

Die Männer unterhielten sich in heftigem Tonfall. Die Kinder konnten jedes Wort verstehen.

»Er hat das Angebot abgelehnt«, sagte Dr. Stein. »Nicht einmal die Zwanzigtausend konnten ihn überzeugen. Frank, Sie wissen, was das bedeutet.«

Der Mann, den die Kinder für einen Detektiv hielten, nickte. »Plan drei«, erwiderte er. Er hatte die Sonne im Rücken. Sein Gesicht lag im Schatten. Die Kinder erkannten nur, dass er eine große Sonnenbrille, ein rotkariertes Hemd und schwarze Jeans trug. Um seinen Hals hing ein Fernglas.

»Richtig. Und zwar so schnell wie möglich. Am besten schon heute Nacht. Wir müssen die Pläne um jeden Preis bekommen!«

»Und alles bleibt so, wie wir es abgemacht haben, Chef? Fünftausend sofort und den Rest später?«

»Ja, Frank. Sobald alles zu meiner Zufriedenheit erledigt ist.«

»Ich weiß, Chef. Ohne Spuren, versteht sich.« Frank lachte leise. Er griff in die Hosentasche und zog ein Feuerzeug heraus. Als er den Verschluss aufschnappen ließ und die Flamme emporzüngelte, erkannte Heike voller Bestürzung, dass der vermeintliche Detektiv eine große Narbe auf dem linken Handrücken trug …

»Ein niedliches Feuerwerk wird alle Spuren zuverlässig

vernichten. Unser lieber Professor wird über die Zerstörung seines Labors so aufgeregt sein, dass er gar nicht merkt, wenn seine Pläne fehlen. Sie sind eben ein Opfer der Flammen geworden …« Frank zündete sich eine Zigarette an und steckte das Feuerzeug wieder ein. »Die Sache wird noch heute Nacht über die Bühne gehen.«

»Sie wissen, wo Sie zu suchen haben, Frank?«

»Jawohl, Chef! Der temporale Detektor, den Sie mir gaben, hat mir den Weg zum Labor gewiesen. Natürlich eine Geheimtür.«

»Ambrosius Köhler ist ein Freund solcher Spielereien«, erklärte Dr. Stein. »Schon früher hatte er eine Vorliebe dafür. Doch die Geheimtür ist letztlich für uns kein Hindernis.« Er ging zum Wagen zurück und holte ein Bündel Geldscheine aus der Aktentasche. Frank nahm es an sich.

»Schade, dass wir das Gerät selbst nicht stehlen können, weil es zu groß ist. Es tut mir richtig leid, dass es verbrennen wird«, sagte Dr. Stein und stieg in den Wagen. »Nun ja, Hauptsache, wir haben die Pläne. Dann kann uns alles andere egal sein. Wir treffen uns morgen am üblichen Ort. Ich drücke Ihnen die Daumen, dass alles klappt. Das Risiko tragen Sie allein – das war abgemacht.« Er startete, ließ den Wagen zurückrollen, wendete an einer breiten Stelle und fuhr davon.

Frank sah ihm nach. Dann lehnte er sich an sein Auto und zählte, die Zigarette im Mundwinkel, das Geld nach. »Stimmt. Fünftausend. War sein Glück. Sonst hätte er den dreckigen Job alleine machen müssen.«

Er schob das Geld in die Hosentasche und trat die Zigarette aus. Danach stieg er ins Auto und brauste davon.

»Eines ist sicher«, sagte Thomas, nachdem die Kinder aus dem Graben geklettert waren, »ein Detektiv ist der Kerl nicht, da könnt ihr Gift drauf nehmen!«

»Er war der Kaminfeger, der uns vor drei Tagen im Keller gestört hat«, verkündete Heike und berichtete von der auffälligen Narbe.

»So etwas Blödes! Wie konnte ich nur so dämlich sein!« Thomas schlug sich an die Stirn. »Ich hätte merken müssen, dass mit dem Kaminfeger etwas nicht stimmt.«

»Wieso?«, fragte Michael.

»Kaminfeger gehen zuerst auf den Dachboden, um von dort aus den Kamin zu fegen. Der Ruß fällt nach unten. Erst dann kehren sie im Keller den Ruß auf. Kapiert? Aber unser falscher Kaminfeger ging zuerst in den Keller«, fuhr Heike fort. »Er hat dort herumgeschnüffelt und mit seinem tempo … Tempo-Dingsda das Labor gefunden. Und diese Nacht will er einbrechen.«

»Und das Labor anstecken«, ergänzte Thomas. »Keine besonders feine Art, nicht einmal unter Komplizen. Es müssen enorm wichtige Pläne sein.«

»Auf alle Fälle wird die Sache jetzt gefährlich. Wir sollten die Polizei benachrichtigen«, sagte Heike. »Schließlich geht es um Einbruch und Brandstiftung.«

»Und um Falschgeld«, erinnerte Michael.

»Halt!« Thomas überlegte. »Das steht noch nicht fest. Es war doch dieselbe Aktentasche? Ein Ganove wird sich nicht gerade mit Falschgeld bezahlen lassen, oder? – Moment mal, wenn das Geld echt ist, dann … dann …«

»Dann ist Onkel Ambrosius gar kein Falschmünzer«, sagte Heike. »Also war alles völlig falsch!«

»Ja, wir waren auf der falschen Fährte«, gab Thomas widerwillig zu. »Kein Falschgeld und kein Detektiv.«

»Und Onkel Ambrosius ist kein Verbrecher«, meinte Heike.

»Das ist noch lange nicht erwiesen«, widersprach Michael.

»Tatsache ist, dass wir es nun mit zwei wirklichen Verbrechern zu tun haben: nämlich mit diesem Dr. Stein und dem Mann namens Frank«, sagte Thomas. »Angenommen, der Professor ist tatsächlich unschuldig und hat etwas Wertvolles erfunden, was die beiden um jeden Preis haben wollen.«

»Dieses Gerät, von dem Dr. Stein gesprochen hat«, warf Michael ein.

»Genau. Die beiden wollten es dem Professor abkaufen. Doch der Professor hat nein gesagt; vielleicht waren ihm die Zwanzigtausend zu wenig. Darauf haben die beiden beschlossen, einzubrechen und die Pläne für das Gerät zu stehlen. Das Labor soll dabei in Flammen aufgehen.«

»Einschließlich dem geheimnisvollen Gerät. Es muss ziem-

lich groß sein, wenn die beiden es nicht stehlen können«, sagte Michael.

»Am besten, wir erzählen Onkel Ambrosius die ganze Geschichte«, schlug Heike vor.

»Bist du verrückt?« Michael traute dem Onkel noch immer nicht.

»Willst du etwa, dass wir alle heute Nacht verbrennen? Onkel Ambrosius mag zwar unser Feind sein, aber deswegen wünsche ich ihm noch lange nicht, dass er in Flammen umkommt!«, rief Heike zornig. »Ich finde, dass die ganze Angelegenheit einfach zu gefährlich ist, um auf die leichte Schulter genommen zu werden. Wir müssen Onkel Ambrosius Bescheid sagen, damit er die Polizei benachrichtigt. Schließlich geht es um sein Haus, das angezündet werden soll!«

»Heike hat recht«, gab Thomas zögernd zu. »Selbst wenn wir den Professor nicht leiden können, sollten wir ihn warnen. Sonst würden wir ja die beiden anderen Verbrecher unterstützen.«

Michael warf einen finsteren Blick auf Heike. »Hoffentlich bereut ihr euren Entschluss nicht!«

»Das ist eben unser Risiko«, erwiderte Thomas nachdenklich.

Niemand hilft ...

Frau Schneider, die inzwischen von ihrem Besuch zurückgekehrt war, war ganz aus dem Häuschen, als die Kinder kamen. »Nein, nein, so etwas! Ich habe zwar schon allerhand mitgemacht, aber das! So schlecht gelaunt habe ich den Professor noch nie erlebt ... Dabei bin ich schon zehn Jahre bei ihm!«

Die Kinder sahen einander betroffen an. »Es hilft nichts, wir müssen trotzdem zu ihm«, murmelte Thomas dann.

Der Professor war noch immer in seiner Bibliothek. Die Kinder klopften. »Herein!«, donnerte er. Kaum waren sie eingetreten, überschüttete Onkel Ambrosius sie mit einem Wortschwall: »Was hat das zu bedeuten? Zum Donnerwetter noch mal, werde ich heute überhaupt nicht in Ruhe gelassen? Ich werde noch verrückt! Keine Minute lang kann man ungestört arbeiten!«

»Du musst uns unbedingt zuhören!« Heikes Stimme schwankte vor Angst. »Es ist sehr wichtig.«

»Papperlapapp! Von wegen wichtig! Warum hast du vorhin den Mann eingelassen? Ich hatte doch befohlen, dass niemand ...«

»Um diesen Mann geht es ja gerade«, unterbrach Thomas.

Der Professor sah den Jungen scharf an. »Hast du nicht meine Rosenbeete zertrampelt?«

»Nein«, verteidigte sich Thomas, »nicht ich, sondern der Detektiv. Das heißt, er ist ja gar kein Detektiv, sondern ...«

»Lügner!«, brüllte der Professor. »Schert euch raus! Aber ein bisschen dalli!«

»Deine Erfindung ist in Gefahr«, sagte Heike rasch.

Der Professor erbleichte. Er sprang erregt auf. »Meine Erfindung? Was wisst ihr davon? Raus mit der Sprache!«

»Die Pläne sollen gestohlen werden«, berichtete Heike. »Das Labor soll angezündet werden, damit du den Diebstahl nicht bemerkst. Du musst die Polizei benachrichtigen!«

»Polizei?« Der Professor umklammerte den Schreibtisch. »Auf keinen Fall! Alles Unsinn! Ihr erzählt mir Märchen! Keine Polizei!«

»Du hast wohl Angst vor der Polizei?« Michaels schnippischer Tonfall brachte das Fass zum Überlaufen. Der Geduldsfaden des Professors riss.

»Du frecher Bengel! Mich auch noch beleidigen, was? Ich lasse mir das nicht bieten! Hinaus mit euch! Sonst nehmt ihr den nächsten Zug nach Hause!«

Die Kinder machten, dass sie hinauskamen.

»Na, seht ihr!«, sagte Michael triumphierend. »Von der Polizei will er nichts wissen! Aber ihr musstet ihm ja unbedingt alles erzählen! Jetzt sitzen wir schön im Schlamassel!«

»Dann müssen wir eben selbst die Polizei verständigen«, entschied Thomas.

»Ja. Und sie soll den Professor endlich verhaften!« Michael ballte die Fäuste. »Eine Schande, dass so etwas unser Onkel ist!« Er sah Heike zornig an. »Aber du warst ja felsenfest überzeugt, dass er unschuldig ist. Du mit deiner Besserwisserei!«

Heike nagte schweigend an ihrer Unterlippe.

»Los, wir rufen die Polizei an«, sagte Thomas. »Am Bahnhof ist eine Telefonzelle.«

Die Kinder rannten den ganzen Weg. Außer Atem kamen sie am Bahnhof an. Die Telefonzelle war zum Glück frei. Thomas warf zwei Münzen und wählte. Die Geschwister lauschten gespannt.

»Hallo, ist dort die Polizei? Ich möchte ein Verbrechen melden. Hier ist Thomas Pahl aus Obereichenbach. Es handelt sich um Einbruch und Brandstiftung … Wann? Es soll heute geschehen … Nein, erst heute Nacht! … Kein Unsinn! Wir haben zu dritt die Täter belauscht … Wie alt ich bin? Vierzehn, aber was hat das damit zu tun?«

Heike und Michael beobachteten, wie Thomas' Gesicht langsam rot wurde. »Das ist kein Aprilscherz! Es ist wahr! Sie müssen etwas dagegen tun! Hallo … Sind Sie noch da … hallo … « Thomas nahm den Hörer vom Ohr und hängte ihn ein. »Frechheit! Der Beamte hat einfach aufgelegt! Er hat mir kein Wort geglaubt! Mist! Was machen wir nun?«

»Noch mal anrufen?«, schlug Heike vor.

Thomas schüttelte den Kopf. »Das hat gar keinen Sinn.« Niedergeschlagen verließen die Kinder die Telefonzelle. Warum half ihnen niemand? Wie sollten sie das Verbrechen verhindern, wenn ihnen nicht einmal die Polizei glaubte?

»Jetzt gibt es nur noch eines: Wir müssen uns selbst auf die Lauer legen und den Einbrecher stellen!«, sagte Thomas nach einer Weile.

»Wir allein?«, fragte Heike erstaunt.

»Und was ist mit Onkel Ambrosius?«, wollte Michael wissen. »Ich will nicht mehr länger mit einem Verbrecher unter einem Dach wohnen. Es wird Zeit, dass er hinter Schloss und Riegel kommt!«

»Du vergisst, dass wir noch immer keinen Beweis gegen ihn haben«, sagte Thomas. »Und ohne Beweis glaubt uns die Polizei sowieso nichts, das hast du ja eben gesehen. Aber wenn unser Unternehmen heute Nacht gelingt, schlagen wir zwei Fliegen mit einer Klappe! Passt auf: Wir warten auf den Einbrecher, lassen ihn aber solange in Ruhe, bis er die Labortür aufgebrochen und die Pläne gestohlen hat. Bevor er dann das Labor in Brand setzen kann, müssen wir ihn überwältigen und ihm die Pläne abnehmen.«

»Das hört sich ziemlich gefährlich an«, meinte Michael. »Aber mit den Plänen haben wir einen Beweis gegen Onkel Ambrosius.«

»Genau! Dann muss uns die Polizei glauben – ob sie will oder nicht!«

Gefahr, Gefahr!

Gegen zehn Uhr abends schlichen Heike und Michael zur Haustür, um Thomas und Moorteufel einzulassen, wie es ausgemacht war.

»Von dem Kerl ist noch keine Spur zu sehen«, flüsterte Thomas. »Merkt ihr, wie schwül es ist? Ich glaube, wir kriegen ein Gewitter.«

»Onkel Ambrosius ist heute ausnahmsweise früh ins Bett gegangen«, berichtete Michael. »Frau Schneider hat ihm einen Kräutertee gekocht, der die Nerven beruhigt. Er war beim Abendessen fuchsteufelswild.«

Die Kinder gingen im Schein von Thomas' Taschenlampe in den Keller hinunter. Im Vorratsraum bauten sie sich aus Brettern und Gerümpel einen Verschlag, von dem aus sie die Geheimtür gut im Auge behalten konnten. Als sie damit fertig waren, grollte in der Ferne der erste Donner.

»Ob bei dem Wetter der Einbrecher überhaupt kommt?«, zweifelte Heike. Sie hatte Angst. Würde es ihnen tatsächlich gelingen, den Dieb zu überwältigen? Wieder prüfte sie die Einzelheiten des Plans, den sie sich ausgedacht hatten: Wenn der Einbrecher das Labor gerade anzünden wollte, mussten sich die Kinder von hinten anschleichen. Einer würde ihn beim Namen rufen. Frank würde sich überrascht umdrehen. Dann musste ihm einer die Pläne entreißen, während die beiden anderen Frank rasch eine alte Decke über den Kopf werfen würden. Dann würden sie ihn fesseln. Hoffentlich war Frank nicht bewaffnet!

Zwei Stunden saßen die Kinder in ihrem Versteck und warteten. Mühsam kämpften sie gegen den Schlaf an. Das Gewitter war jetzt direkt über ihnen.

Plötzlich hörte Thomas ein metallisches Kratzen am Fenster. »Er kommt!«, flüsterte er aufgeregt.

Ein greller Blitz erleuchtete den Vorratskeller. Der kurze Moment genügte. Die Kinder erkannten eine Gestalt am Fenster. Beim nächsten Donnerschlag wurde das Fenster aufgestoßen. Geschmeidig wie eine Katze glitt der Einbrecher durch die schmale Öffnung in den Keller und knipste seine Taschenlampe an. Der Lichtstrahl streifte die Marmeladengläser am Boden, den Verschlag in der Ecke und schließlich das leere Vorratsregal. Die Kinder wagten nicht zu atmen. Hoffentlich entdeckte er sie nicht! Thomas spürte, wie sich Moorteufels Nackenhaare sträubten. Der Junge fasste den Hund fest am Halsband. Der Mann griff aus dem Kellerfenster, holte von draußen einen Kanister herein und stellte ihn auf dem Boden ab.

»Benzin!«, flüsterte Heike tonlos. Sie krampfte ihre Hände zusammen. Wie schnell brannte Benzin!

Gebannt beobachteten die Kinder, wie der Mann zum Regal schlich und den verborgenen Hebel betätigte. Das Regal schwang auf. In der Dunkelheit wirkte die Stahltür wie ein großer matter Fleck an der weißgekalkten Wand. Der Mann klemmte die Taschenlampe zwischen die Zähne, um die Hände für sein Werkzeug frei zu haben. Es dauerte keine fünf Minuten, dann hatte er das Schloss aufgebrochen. Der Weg war frei, und der Einbrecher verschwand im Labor.

»Er hat den Kanister stehen lassen«, wisperte Thomas. »Er wird zuerst die Pläne suchen. Wenn er herauskommt, müssen wir ihn überwältigen, bevor er das Benzin holen kann! Los, wir stellen uns neben die Tür.«

Vorsichtig krochen die Kinder aus ihrem Versteck. Noch nie im Leben hatte Heike solche Angst gehabt wie gerade jetzt. Thomas hielt die Decke bereit. Die Kinder warteten mit klopfendem Herzen.

Von nebenan kam ein leises Rascheln. Der Mann suchte noch. Würde er die Pläne finden? Ab und zu sahen die Kin-

der den Strahl seiner Taschenlampe an der Tür vorübergleiten. Die Spannung war beinahe unerträglich.

Da zerriss ein heller Blitz die Dunkelheit und tauchte alles in weißes Licht. Augenblicklich folgte der Donner. In diesem Moment verließ der Mann das Labor, in einer Hand die Taschenlampe, in der anderen ein Bündel Papiere.

»Jetzt!«, schrie Thomas. Die Kinder stürzten sich auf den Einbrecher. Thomas warf die Decke. Doch er verfehlte den Kopf des Mannes, und die Decke glitt seitlich ab.

»Zum Teufel, was ist das?«, rief der Einbrecher überrascht. Er ließ seine Taschenlampe fallen und schlug blindlings um sich. Michael versuchte, ihm die Pläne zu entreißen, und bekam einen Stoß ab. Er torkelte zurück. Doch einen Teil der Blätter hatte er erwischt. Heike und Thomas hängten sich an die Arme des Mannes, um ihn festzuhalten. Aber Frank hatte Bärenkräfte. Moorteufel bellte und sprang ihn an. Als der Tumult am größten war, flammte plötzlich die Deckenbeleuchtung auf.

»Was ist denn hier los?«, rief eine Stimme erregt.

Die Köpfe der Kinder flogen herum. Im Vorratskeller stand der Professor. Das Gewitter hatte ihn aufgeweckt. Da er nicht mehr einschlafen konnte, hatte er beschlossen, im Labor zu arbeiten. Außerdem hatten ihn die Andeutungen der Kinder am Nachmittag doch etwas beunruhigt, sodass er sich vergewissern wollte, ob alles in Ordnung war.

Geistesgegenwärtig nutzte der Einbrecher die Verwirrung, um sich zu befreien. Mit zwei Sätzen war er am Fenster und schwang sich hinauf. Moorteufel stürzte ihm nach und verbiss sich in seiner Jacke. Diese gab nach und riss. Der Hund fiel auf den Boden zurück, einen Stofffetzen im Maul.

»Haltet ihn! Er darf nicht entkommen!«, schrie Thomas. Doch der Einbrecher war schon draußen. Der Junge rannte zum Fenster und zog sich hoch. Aber er war nicht groß genug, um ebenso rasch wie Frank hinauszuklettern.

»Verflixt!« Thomas hing im Kellerfenster. »Er ist weg!«

»Lass ihn. Wir kriegen ihn nicht mehr«, sagte der Professor hinter Thomas und half dem Jungen beim Herabsteigen. »Das Wichtigste ist, dass er die Pläne nicht bekommen hat!«

Auf dem Boden lagen einige Blätter verstreut, die der Einbrecher bei seiner hastigen Flucht verloren hatte. Einen weiteren Teil der Pläne hatte Michael. Benommen lehnte der Junge an der Wand.

»Ich weiß nicht, wie ich euch danken soll!«, sagte der Professor. »Eine Katastrophe, wenn der Einbrecher die Pläne gestohlen hätte!« Er bückte sich und sammelte die Blätter auf.

Heike und Thomas blickten sich an. Warum waren die Pläne so wertvoll? Sie wollten es endlich wissen!

»Halt!« Thomas stellte entschlossen seinen Fuß auf das letzte Blatt, das Onkel Ambrosius gerade aufheben wollte. Moorteufel knurrte drohend. »Ich weiche keinen Schritt zur Seite, bevor wir wissen, was es mit den Plänen auf sich hat.«

»Die Polizei wird sich nämlich dafür interessieren«, ergänzte Michael und schob die Pläne rasch unter sein Hemd.

Der Professor blickte ratlos von Thomas zu Michael. Plötzlich schrie er auf: »Lieber Himmel, du blutest ja! Bist du verletzt?« Er stürzte auf Michael zu. Aber der Junge machte eine abwehrende Handbewegung. Er wollte die Pläne schützen.

»Dummkopf, warum hast du Angst vor mir?«, rief der Professor ungeduldig. »Ich tue dir doch nichts. Ich will dir bloß helfen!«

Michael starrte den Onkel noch immer argwöhnisch an. Dann wischte er sich hastig übers Gesicht. Jetzt merkte er, dass seine Nase blutete. Sonst war ihm nichts geschehen. Es sah schlimmer aus, als es in Wirklichkeit war.

»Wir wollen endlich wissen, was hier gespielt wird!«, forderte Thomas.

»Was hast du erfunden?«, fragte Heike. Sie zitterte vor Aufregung.

»Ist es gefährlich? Du hast Angst, deswegen ins Gefängnis zu kommen, oder?«

Ambrosius Köhler schwieg einige Augenblicke. Es kostete ihn große Überwindung, den Kindern zu antworten. Schließlich räusperte er sich. »Ich glaube, ich bin euch

wirklich eine Erklärung schuldig. Ihr verdächtigt mich also, dass ich etwas Verbotenes tue.« Er sah die Kinder eindringlich an. »Ich werde euch alles erzählen. Doch zuvor eines: Bitte vertraut mir!«

Der Professor lässt die Maske fallen

Die Kinder wurden unsicher. Zögernd folgten sie dem Professor ins Labor. Was würde er ihnen zeigen? Oder war alles nur eine Falle? Onkel Ambrosius schaltete das Licht ein. In der Mitte des Labors stand ein großer Metallkasten mit einer schmalen Tür. »Das ist meine Erfindung.«

Der Professor gab Michael ein feuchtes Tuch, das sich der Junge in den Nacken legen sollte, dann befahl er den Kindern, sich auf den Boden zu setzen. Er selbst hockte sich dazu und begann:

»Wie ihr sicher wisst, habe ich früher an Hochschulen unterrichtet. Schon damals interessierte mich etwas, das wir als selbstverständlich hinnehmen: nämlich die Zeit. Stellt euch einen Fluss vor, der ständig vorwärts fließt. Das ist die Zeit. Wir Menschen werden wie kleine Holzstückchen darin mitgetrieben. Eines Tages dachte ich mir: Könnte man nicht eine Art Boot bauen, mit dem man auf diesem Fluss fahren kann? Nicht nur flussabwärts mit der Strömung, sondern auch gegen den Strom? Genauer: Könnte man nicht eine Maschine bauen, mit der man durch die Zeit reisen kann? – Diese Idee fesselte mich. Ich begann mit den ersten Experimenten. Und eines Tages gelang es mir zufällig, einen Gegenstand verschwinden zu lassen. Da wusste ich, dass meine Idee kein Hirngespinst war! Voller Begeisterung schrieb ich einen Aufsatz über Zeitreisen, den ich in einer Zeitschrift veröffentlichte. Doch meine Kollegen an der Hochschule lachten darüber und hielten mich für verrückt. Eine Zeitmaschine! Völlig unmöglich!«

Die Kinder hörten dem Erfinder aufmerksam zu. Michaels Nase hatte inzwischen zu bluten aufgehört.

»Nur einer glaubte an mich. Es war ein Student, ein begabter junger Mann. Er wurde mein Assistent. Gemeinsam versuchten wir, das Rätsel Zeit zu ergründen. Aber allmählich erkannte ich, dass der Student keinen einwandfreien Charakter hatte. Zwar war er hochintelligent, doch persönlicher Ruhm bedeutete ihm mehr als wissenschaftliche Forschung. Er drängte mich, meine Fortschritte bekanntzugeben, damit wir berühmt würden. Damals konnten wir gerade einen Gegenstand verschwinden und wieder auftauchen lassen. An eine Reise durch die Zeit war noch nicht zu denken. Aber mir war klar, wie gefährlich so etwas sein würde.«

»Wieso?«, fragte Thomas erstaunt.

»Angenommen, die Menschen könnten in die Vergangenheit reisen. Würden sie nicht in die Geschichte eingreifen und sie verändern? Ein Beispiel: Ein junger Mann aus der Gegenwart verliebt sich in eine junge Frau aus der Vergangenheit und holt sie zu sich in die Gegenwart. Wäre die Frau in der Vergangenheit geblieben, hätte sie einen anderen Mann geheiratet. Sie hätte ein Kind geboren, beispielsweise Kolumbus. Kolumbus wird also nie geboren, und er entdeckt Amerika nicht. Die Geschichte nimmt einen völlig anderen Verlauf. Schuld daran ist der junge Mann mit der Zeitmaschine …«

Das Beispiel leuchtete den Kindern ein.

»Andererseits ist eine Zeitmaschine auch ungeheuer wertvoll, vor allem für die Geschichtsforschung. Bisher musste man sich auf Bücher, alte Berichte und Ausgrabungen verlassen. Jetzt kann man in die Vergangenheit reisen und sich selbst überzeugen, wie alles war. Zum Beispiel, wie die Steinzeitmenschen lebten. Eine Zeitmaschine kann also großen Nutzen bringen, sie kann aber auch großen Schaden anrichten. Deshalb ist es wichtig, dass sie nicht in falsche Hände gerät.« Der Professor stand auf und ging ruhelos im Labor umher.

»Der Student war leider ein verantwortungsloser Mensch. Er wollte die Zeitmaschine lediglich dazu benutzen, reich und berühmt zu werden. Ich trennte mich daher von ihm,

bevor es zu spät war. Der Student verzieh es mir nie. Er verbreitete an der Hochschule üble Gerüchte über mich. Es kam so weit, dass ich gehen musste, weil man an meinem Geisteszustand zweifelte. Daher zog ich mich von den Menschen zurück und kaufte mir hier in Obereichenbach dieses Haus, um in Ruhe weiterzuforschen. Bevor meine Erfindung ausgereift war, sollte kein Mensch davon erfahren.«

»Deswegen das geheime Labor«, folgerte Thomas. »Und das alte Arztlabor sollte zur Tarnung dienen.«

»Woher wisst ihr das?«, fragte der Professor verblüfft.

»Sie hätten besser abstauben müssen«, grinste Thomas. »Wir haben gemerkt, dass es schon lange nicht mehr benutzt worden ist.«

»Verflixt, woran man alles denken muss!« Der Erfinder kratzte sich am Kopf. »Ich hatte in den letzten Wochen wirklich wenig Zeit, um mich um solche Dinge zu kümmern. Früher habe ich öfter abgestaubt. Damals war ich noch vorsichtiger. Ich baute sogar nebenbei – sozusagen zur Entspannung – einige merkwürdige Dinge, damit ich als Erfinder etwas vorweisen konnte.«

»Wie die Heidelbeerpflückmaschine«, erinnerte sich Heike. »Die ganze Verwandtschaft hat dich damals für verrückt erklärt.«

»Das war mir im Grunde ganz recht«, lächelte Onkel Ambrosius. »Verrückte lässt man gewöhnlich in Ruhe. Und Ruhe brauchte ich unbedingt. Deswegen habe ich im Dorf sogar Gerüchte ausgestreut, dass es in meinem Haus spukt. Die Angst vor Gespenstern sollte die Leute davon abhalten, hier herumzuschnüffeln. Doch leider haben meine Vorsichtsmaßnahmen nichts genützt. Mein Geheimnis ist entdeckt worden – sowohl von euch als auch von diesem Dr. Stein.«

Das Gesicht des Professors verfinsterte sich. »Dr. Stein war jener Student. Inzwischen ist er ein angesehener Wissenschaftler geworden. Aber er schreckt vor keinem Mittel zurück, um seine Ziele zu erreichen. Er fand heraus, wo ich wohne, und schrieb mir mehrmals. Ich habe seine Briefe nicht beantwortet. Trotzdem muss er erfahren haben, dass es mir inzwischen tatsächlich gelungen ist, eine Zeitmaschi-

ne zu bauen. Keine Ahnung, wie er das herausgefunden hat, denn meine Maschine funktioniert erst seit wenigen Tagen einwandfrei.«

Thomas begann zu erzählen: von dem vermeintlichen Detektiv, dem falschen Kaminfeger und dem belauschten Gespräch.

»Und dieser komische Tempo-Dingsda«, ergänzte Heike.

»Frank behauptet, dass er das Labor mit Hilfe eines temporalen Detektors gefunden hat«, berichtete Thomas.

»Ich kann mir ungefähr denken, was das ist«, sagte der Erfinder. »Die Zeitmaschine sendet – auch wenn sie nicht in Betrieb ist – Schwingungen aus. Stellt euch einen Bleistift vor, der an einem Haar hängt. Der Bleistift bleibt nie völlig ruhig, sondern schwingt unmerklich hin und her. So müsst ihr euch die Zeitmaschine vorstellen. Sie hängt sozusagen nur an einem Haar in der Gegenwart. Die Schwingungen der Maschine lassen sich mit einem entsprechenden Gerät feststellen, eben mit diesem temporalen Detektor.« Der Professor sah nun seine Blätter durch und ordnete sie. Michael zog die anderen Papiere unter seinem Hemd hervor und gab sie dem Erfinder. Dieser lächelte. »Ihr vertraut mir also? Ihr haltet mich nicht mehr für einen Verbrecher?«

Die Kinder waren ein wenig verlegen.

»Naja, ich gebe zu, ich war nicht gerade sehr freundlich zu euch«, gestand der Professor. »Und dass ich euch immer so angebrüllt habe, tut mir wirklich leid! Ich bin nun mal ein sehr ungeduldiger Mensch und recht jähzornig obendrein. Ich hoffe, ihr nehmt mich so, wie ich bin. Jedenfalls weiß ich nicht, wie ich euch danken soll, dass ihr den Diebstahl der Pläne verhindert habt. Es wäre nicht auszudenken, wenn sie in falsche Hände gerieten! Dr. Stein hat mir Zwanzigtausend dafür geboten. Aber ich würde sie nicht einmal für Hunderttausend weggeben.« Plötzlich stockte der Erfinder. Erregt blätterte er in den Papieren. »Was ist das … einige Seiten sind nicht da … da fehlt etwas … verflixt!«

»Ist es schlimm?«, fragte Heike bestürzt. »Glücklicherweise habe ich noch eine Kopie der Pläne. Es fehlen auch nur vier Seiten.« Der Professor grübelte. »Ich glaube nicht, dass Dr.

Stein etwas damit anfangen kann. Ich hoffe es wenigstens. Man müsste schon ein Genie sein … nein, sicher sind die Seiten für Dr. Stein völlig wertlos.« Er schloss die Pläne in einer Schublade ein.

»Dürfen wir dich einmal auf einer Zeitreise begleiten?«, fragte Michael unvermittelt.

»Nein, völlig ausgeschlossen!«, erwiderte der Professor hastig. »Es ist viel zu gefährlich. Ich habe die Maschine noch nicht genügend erprobt. Vorerst kann man mit ihr auch nur in die Vergangenheit reisen. Es ist jedes Mal ein Risiko, ob man auch wirklich in die Gegenwart zurückkehrt. Ich bin ein alter Mann, ich verliere nicht viel, wenn ich in der Vergangenheit bleibe. Aber ihr: die Schule … eure Eltern … es geht unter gar keinen Umständen!«

»Auf die Schule können wir gut verzichten!«, beharrte Michael.

Onkel Ambrosius blieb fest. »Ich habe deutlich nein gesagt. Und ich ändere meinen Entschluss nicht.« Er sah die Kinder ernst an. »Außerdem dürft ihr niemandem etwas erzählen, weder von dem Einbruch noch von der Zeitmaschine. Absolutes Stillschweigen! Versprecht ihr mir das?«

Die Kinder nickten.

»Du willst den Einbruch also nicht der Polizei melden?«, fragte Heike.

»Nein. Denn dann würde man vielleicht auf meine Zeitmaschine aufmerksam werden. Das will ich nicht. Ich weiß noch nicht, ob ich meine Erfindung überhaupt je bekannt geben werde. Vielleicht werde ich die Zeitmaschine eines Tages auch zerstören, wenn ich erkenne, dass die Gefahr einfach zu groß ist. Denn ich sage euch nochmals: Durch die Selbstsucht und Gier der Menschen kann die Zeitmaschine sehr viel Unheil anrichten!«

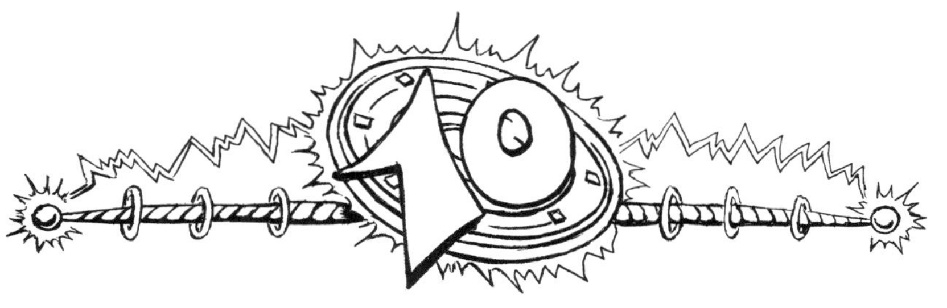

Ein waghalsiger Versuch

Am nächsten Morgen rief Frau Schneider vergeblich zum Frühstück. Heike und Michael waren nicht wachzukriegen. Sie schliefen den ganzen Vormittag über. Die Haushälterin hatte von dem nächtlichen Einbruch nichts bemerkt. Daher wunderte sie sich, warum sich der Professor plötzlich in den Kopf gesetzt hatte, überall Sicherheitsschlösser anbringen zu lassen.

»Aber heute ist doch Samstag, da bekommen Sie keinen Handwerker«, sagte Frau Schneider. »Sie müssen mindestens bis Montag warten. Ich verstehe nicht, warum Sie es auf einmal so eilig haben.«

Ambrosius Köhler hatte das Schloss der Stahltür nicht reparieren können und sorgte sich. Vielleicht kamen Dr. Stein und sein Helfer wieder. Seine Erfindung war in Gefahr. Deswegen vernagelte der Professor das aufgebrochene Kellerfenster mit Brettern und brachte an den übrigen Kellerfenstern Vorhängeschlösser an. Auch die Haustür sicherte er mit einem zusätzlichen Vorhängeschloss. Frau Schneider musste den Professor jedes Mal um den Schlüssel bitten, wenn sie hinauswollte.

Er leidet auf einmal an Verfolgungswahn!, dachte sie.

Als sich Heike und Michael am Nachmittag mit Thomas trafen, war die Zeitmaschine natürlich Thema Nummer eins.

»Also, wenn ihr mich fragt: Die Sache stinkt!«, sagte Thomas entschieden. »Warum will uns der Professor nicht dabeihaben? Er ist doch bisher auch immer heil von seinen Zeitreisen zurückgekehrt. Ich bin sicher, dass die Maschine gar nicht funktioniert.«

»Du glaubst, er lügt?«, fragte Heike.

Thomas zuckte mit den Achseln. »Vielleicht nicht absichtlich. Wahrscheinlich glaubt er an das, was er uns erzählt.«

Die drei sahen sich betreten an. »Also spinnt er doch!«, sagte Michael schließlich.

»Schade. Ich habe gerade angefangen, ihn nett zu finden.« Heike nagte an ihrer Unterlippe. »Dabei wäre so eine Zeitmaschine wirklich ein tolles Ding. Vorausgesetzt, sie geht!«

»Klar. Sie wäre wahnsinnig praktisch«, sagte Thomas. »Angenommen, ihr müsstet in der Schule eine Arbeit schreiben. Hopp – eine kleine Reise in die Zukunft, dann wisst ihr die Fragen. Auf diese Weise erspart man sich einen Haufen unnütze Lernerei!«

»Und man könnte gleich zu Schulanfang die Zeugnisnoten erfahren«, sagte Michael. »Und wenn man weiß, dass man nicht durchfällt, bräuchte man sich überhaupt nicht mehr anzustrengen. Es kann ja nichts mehr schiefgehen.«

»Feine Sache«, stimmte Thomas zu.

Heike grübelte. »Vielleicht ist es das, was Onkel Ambrosius heute Nacht gemeint hat: ›Die Menschen könnten die Maschine missbrauchen.‹ Ich finde es ungerecht, wenn der eine wie wild lernt, während der andere nur aufs Knöpfchen zu drücken braucht.«

»Dann müsste eben jeder eine Zeitmaschine haben«, schlug Michael vor.

Thomas grinste. »Ein ganz schönes Durcheinander. Stell dir vor, du kommst nach Hause und findest einen Zettel von deiner Mutter: Bin im alten Rom einkaufen und komme gleich wieder. Oder ein Freund will mit dir Briefmarken tauschen, aber du spielst gerade mit deinen Ur-ur-ur-ur-urenkeln im 23. Jahrhundert Karten.«

Die drei lachten.

»Trotzdem würde ich so ein Ding zu gerne mal ausprobieren«, sagte Michael. »Ich würde mich zu Tode ärgern, wenn wir die ganzen Ferien hier herumhängen, und hinterher stellt sich heraus, dass die Maschine doch funktioniert.«

»Ach komm, Zeitreisen sind unmöglich, das sagt jeder«, behauptete Thomas.

»Aber mit dem Flug zum Mond war es doch genauso«, widersprach Heike. »Frag doch mal einen Menschen, der vor hundert Jahren gelebt hat, was er darüber denkt. Wahrscheinlich hält er dich reif für die Klapsmühle.«

»Bevor ich mit eigenen Augen gesehen habe, dass die Zeitmaschine funktioniert, glaube ich es nicht«, beharrte Thomas.

»Und warum probieren wir sie nicht einfach aus?«, schlug Michael vor. Er sprach aus, woran alle dachten.

»Du meinst – heimlich?«, flüsterte Heike.

»Habt ihr etwa Angst?«

»Quatsch«, erwiderte Thomas. »Okay, wir werden uns also Gewissheit verschaffen. Aber der Professor darf uns dabei nicht in die Quere kommen.«

Die Kinder vereinbarten, sich um Mitternacht zu treffen, vorausgesetzt, dass der Erfinder bis dahin zu Bett gegangen war und nicht wieder die ganze Nacht durcharbeitete.

Sie hatten Glück. Der Professor ging um elf Uhr schlafen. Heike lauschte auf dem Gang, bis sie seine gleichmäßigen Atemzüge hörte. Dann eilten die Geschwister hinunter, um Thomas und Moorteufel zum Küchenfenster hereinzulassen. Die Haustür war ja mit dem Vorhängeschloss gesichert.

»Alles klar?«, fragte Thomas.

»Ja. Die Luft ist rein«, erwiderte Michael. Die Kinder huschten zur Kellertreppe. Thomas schaltete seine Taschenlampe ein und leuchtete. Schließlich standen sie vor dem Holzregal im Vorratskeller. Michael tastete nach dem geheimen Hebel. Lautlos glitt das Regal zur Seite. Die Stahltür war wegen des kaputten Schlosses nur angelehnt.

»Ich glaube, wir können ruhig Licht machen«, flüsterte Michael, als sie im Laboratorium waren. »Der Professor schläft wie ein Murmeltier.«

Thomas knipste die Beleuchtung an. Vor ihnen stand die Zeitmaschine. Der graue Kasten kam den Kindern auf einmal doch nicht ganz geheuer vor.

»Sollen wir nicht besser umkehren?«, fragte Heike.

»Ich werde mir das Ding zumindest von innen anschauen.« Furchtlos öffnete Thomas die Tür der Maschine.

Die Kabine war etwa doppelt so groß wie eine Telefonzelle. Hunderte von Kabeln zogen sich über die Wände, ein wirres Durcheinander von bunten Drähten. Als die Kinder in die Kabine schlüpften, mussten sie sich bücken, um kein herabhängendes Kabel zu berühren. Ein einziger Stuhl stand in der Kabine. Davor befand sich das Schaltpult: lauter Knöpfe, Hebel und Lämpchen. Es sah sehr unfertig aus.

»Das soll funktionieren?«, grinste Thomas ungläubig. »Schönes Spielzeug.« Er ließ sich auf den Stuhl fallen. Im gleichen Augenblick flammte vor ihm ein grünes Lämpchen auf, und die Deckenbeleuchtung der Kabine ging an. Die Tür fiel automatisch zu. Die Kinder versuchten vergebens, sie wieder zu öffnen.

»Nur keine Panik! Das ist ein ganz einfacher Mechanismus. Ich brauche nur den Türöffner zu finden.« Thomas studierte das Schaltpult. Doch er kam nicht recht klar.

Wahllos drückte er auf einen Knopf, der ihm besonders ins Auge stach.

Ein Ächzen ging durch die Metallwände. Dann begann die Maschine plötzlich zu zittern. Aber die Tür öffnete sich nicht.

»Schalt aus!«, rief Heike voller Angst.

Thomas drückte denselben Knopf. Das Zittern der Maschine wurde heftiger. Jetzt begann auch Thomas zu schwitzen. Seine Finger glitten geschwind über das Pult. Er musste den richtigen Knopf finden!

Farbige Lampen blinkten. Der Zeiger eines Messgeräts drehte sich im Kreis. Ein lautes Summen setzte ein.

»Mensch, mach doch keinen Blödsinn!«, schrie Michael.

»Wie stellt man dieses verdammte Ding bloß ab?« Thomas war leichenblass. Er schlug mit den Händen quer übers Schaltpult, um die Maschine auszuschalten.

Das Summen steigerte sich zu einem Dröhnen. Heike hielt sich die Ohren zu. Moorteufel jaulte. Im selben Moment hämmerte jemand von außen an die Tür.

Es war der Professor. Er hatte einen leichten Schlaf, und das Dröhnen der Maschine hatte ihn geweckt. Schlimmes ahnend war der Erfinder sogleich in den Keller geeilt.

»Nein!«, schrie der Professor und rüttelte an der Klinke. »Halt! Ihr wisst nicht, was ihr tut! Verflixte Bande! Stopp! Den rechten Hebel hoch!«

»Geht nicht!«, brüllte Thomas verzweifelt. Der Hebel ließ sich nicht bewegen. Vergeblich!

Das Dröhnen der Maschine nahm noch immer zu. Die Kinder konnten ihr eigenes Wort nicht mehr verstehen. Draußen schrie der Professor neue Anweisungen. Doch seine Stimme kam nicht gegen den Lärm an. Endlich gab die Tür nach. Mit einem Satz war der Professor am Schaltpult und riss den Hebel hoch. Es war eine gewaltige Anstrengung. Die Maschine heulte bei der unsanften Behandlung laut auf. Aber dann ging das unheimliche Dröhnen in ein gleichmäßiges Summen über.

Onkel Ambrosius lehnte sich erschöpft gegen das Schaltpult. Schweiß lief über sein Gesicht. »Gerade noch geschafft!«, stieß er aus. »Das hätte schlimm ausgehen können! Was habt ihr euch eigentlich dabei gedacht?«

Heike war vor Entsetzen kalkweiß. »Seht nur!« Sie deutete zur halb geöffneten Tür. »Das Laboratorium!«

Die anderen starrten nach draußen. Das Blut gefror in ihren Adern.

Vor der Tür war nichts. Nichts außer grauem, undurchdringlichem Nebel! Das Laboratorium war verschwunden.

»Einfach weg!«, rief Michael fassungslos.

»Zu spät!«, sagte der Professor erregt. »Die Maschine ist außer Kontrolle! Ihr habt sie ruiniert. Wir sind verloren!«

Verloren! Niemand wagte zu atmen. Thomas streichelte stumm Moorteufels Fell. Was würde mit ihnen geschehen?

»Ich versuche, das Höllending zu stoppen«, brummte der Professor. »Mehr kann ich nicht tun.«

Er quetschte sich unter das Schaltpult. »Gebt mir den Schraubenzieher! Los! Steht nicht herum und starrt mich an wie die Ölgötzen! Den Schraubenzieher. Dort drüben im Werkzeugkasten in der Ecke. Na endlich. Danke!« Er löste mit dem Schraubenzieher einige Platten. »Aber bildet euch bloß nicht ein, dass ich euch wieder hübsch nach Hause bringe! Verflixt und zugenäht! Ich schmeiße euch unterwegs

irgendwo raus, damit ihr mir nicht mehr unter die Augen kommt! Autsch! Jetzt habe ich mir auch noch den Kopf …« Er stöhnte, kam wieder hervorgekrochen und rieb sich die Stirn. »Die reinste Sardinenbüchse! Wenn ich nur wüsste …« Er musterte die Kinder. »Habt ihr wenigstens etwas Warmes zum Anziehen dabei? Könnte nämlich sein, dass wir in einer Eiszeit steckenbleiben!«

Er spähte zur Tür hinaus. »Noch immer unverändert. Schöne Milchsuppe da draußen! Na, wird mir nichts anderes übrigbleiben, als einen Kurzschluss zu fabrizieren. So leid mir's auch tut.« Er wurde streng. »Hiermit erkläre ich ausdrücklich, dass ich für alles Weitere keine Verantwortung übernehme! Wenn ihr euch mit eurer dünnen Kleidung erkältet, dann soll mir eure Mutter bloß keine Vorwürfe machen, verstanden? Das heißt – ich bezweifle, dass wir sie überhaupt wiedersehen!«

Damit tauchte er wieder unter das Schaltpult. Kurz darauf begannen Funken aus dem Pult zu sprühen. Es knisterte, zischte und fing an zu qualmen. Gleichzeitig roch es fürchterlich nach verbranntem Gummi. Die Kinder husteten. Sie konnten kaum noch atmen. Ihre Augen tränten. Vor lauter Husten merkten sie kaum, dass die Maschine zu summen aufgehört hatte.

»Raus!«, krächzte der Professor durch den Qualm. »Schnell raus, bevor wir hier drin ersticken!«

Sie stolperten blindlings zur Tür.

Für immer in der Urzeit?

Einen Augenblick lang fürchteten die Kinder, ins Leere zu fallen. Doch dann hatten sie festen Boden unter sich. Wald umgab sie. Durch die Bäume flutete Sonnenlicht.

»Schwül!«, ächzte der Professor. »Von einer Eiszeit kann nicht die Rede sein!«

»Wo sind wir?«, fragte Heike verwundert und sah sich um.

»Keine Ahnung. Ihr habt mir ja die Knöpfe so verstellt, dass ich keinen Anhaltspunkt habe. Aber ich schätze, dass wir nicht sehr weit von zuhause weg sind«, antwortete der Erfinder. »Hoffentlich finden wir in der Nähe eine Stadt, damit ich Ersatzteile für meine Maschine bekomme.«

Aber nirgends war eine Spur von Menschen; sie fanden weder Straßen noch Häuser. Als sie weitergingen, entdeckten sie etwas anderes: seltsame Gewächse, eine Art Farn. Doch die Pflanzen waren so hoch wie Bäume und hatten einen hölzernen Stamm.

»Komisch«, sagte Michael. »So etwas habe ich noch nie gesehen. Höchstens in einem botanischen Garten oder so.«

»Vielleicht sind wir in einem Naturschutzgebiet gelandet«, vermutete der Professor. »Das erklärt auch die Abwesenheit der Menschen.«

Nach einer Weile kamen sie auf eine sumpfige Lichtung. Die Sonne stand hoch am Himmel. Es musste etwa Mittagszeit sein.

»Und nun?«, fragte Michael ratlos. »Welche Richtung sollen wir einschlagen?« Noch immer deuteten keine Anzeichen darauf hin, dass in der Nähe Menschen lebten.

»Es ist wichtig, dass wir uns nicht zu weit von der Zeitmaschine entfernen«, sagte Onkel Ambrosius. »Sonst finden wir sie am Ende nicht wieder. Vielleicht könnten wir später einen Lastwagen auftreiben, der das Ding in die nächste Stadt fährt.«

»Vorausgesetzt, es gibt hier Lastwagen«, sagte Thomas düster. »Das Ganze sieht mehr wie ein Urwald aus. Vielleicht stoßen wir nur auf ein paar Eingeborene, mit denen wir uns nicht einmal unterhalten können.«

»Und mir nichts, dir nichts machen sie aus uns Gulasch!«, grinste Michael. Heike warf ihm einen ärgerlichen Blick zu.

»Los, Heike und ich gehen links um die Lichtung herum, Michael und Thomas mit Moorteufel rechts herum. Auf der anderen Seite treffen wir uns. Wer zuerst einen Weg entdeckt, der schreit laut!«, bestimmte der Professor.

Also trennten sie sich. Doch kaum waren sie ein paar Schritte gegangen, stieß Thomas einen schrillen Schrei aus.

»Mensch! Kommt sofort her! Wir haben etwas gefunden!«

Der Erfinder und Heike liefen zu den beiden Jungen zurück, die kreidebleich waren. Auf dem sumpfigen Boden war ein gigantischer Fußabdruck. Ein Fuß mit drei riesigen Zehen! Vier Meter weiter war ein zweiter Abdruck. Kein bekanntes Tier hinterließ derart große Spuren! Doch die Abdrücke waren so deutlich, dass kein Irrtum möglich war. Die Kinder waren starr vor Entsetzen.

»Das muss ein gewaltiges Biest gewesen sein«, sagte der Professor endlich. Er schluckte. »Wisst ihr, was ich glaube? – Wir sind die einzigen Menschen auf der Erde! Es war ein Saurier!«

Ein Saurier! Sie waren im Reich der Schreckensechsen gelandet! Die Kinder waren wie vor den Kopf gestoßen. Angstvoll blickten sie einander an.

»Am besten, wir gehen zur Zeitmaschine zurück«, schlug der Professor vor. »Dort sind wir etwas geschützt und können in Ruhe überlegen, was zu tun ist.«

Viel vorsichtiger als zuvor machten sie sich auf den Rückweg. Sobald ein Zweig knackte, fuhren sie zusammen. Aber nur Insekten umsurrten sie.

»Passt auf, dass ihr nicht gestochen werdet«, warnte Onkel Ambrosius. »Diese Biester mögen noch so harmlos erscheinen, aber sie können gefährliche Krankheiten übertragen, gegen die unsere menschlichen Körper keine Abwehrkräfte besitzen. Ein kleiner Stich kann unter Umständen tödlich sein.«

Plötzlich raschelte es hinter ihnen. Erschrocken blieben sie stehen. Zunächst sahen sie nichts außer dichtem Gestrüpp und Nadelbäumen. Dann wies der Professor auf einen Baum. Obwohl kein Wind wehte, bewegten sich die Zweige. Jetzt erkannten auch die Kinder den Saurier. Seine grünen und braunen Querstreifen auf dem Rücken tarnten ihn so gut, dass er unter den wuchernden Pflanzen kaum auffiel. Er stand aufrecht auf den Hinterbeinen und stützte sich mit seinem langen Schwanz ab. Mit den Vorderpfoten zog er die Zweige zu sich heran, um die buschigen Nadeln abzufressen. Sein Kopf war merkwürdig geformt: Die Schnauze glich einem riesigen Entenschnabel!

»Junge, der ist ja mindestens neun Meter lang!«, flüsterte Thomas gebannt.

Der Saurier hielt inne. Er ließ den Zweig los und drehte langsam den Kopf. Die mächtigen Kiefer mahlten. Grüner Speichel tropfte aus dem großen Schnabelmaul. Die Kinder und der Professor wichen unwillkürlich zurück. Moorteufel knurrte. Seine Nackenhaare sträubten sich.

»Er will uns angreifen«, rief Michael voller Panik.

»Das glaube ich nicht«, entgegnete der Erfinder. »Aber es ist vielleicht besser, wenn wir uns zurückziehen.«

Vorsichtig entfernten sie sich und behielten dabei den Saurier im Auge. Würde er ihnen folgen? Doch das riesige Tier sah ihnen nur gelangweilt nach und fraß schließlich weiter.

Der Schreck war den Kindern so sehr in die Glieder gefahren, dass sie heilfroh waren, als sie wieder bei der Zeitmaschine ankamen. Es roch noch immer schwach nach verschmorten Leitungen.

»Mann, habe ich eine Angst gehabt«, gestand Michael. »Das Biest sah mächtig gefährlich aus.«

»Es war ein sogenannter Entenschnabler, ein friedlicher Pflanzenfresser«, erklärte der Professor. »Er gehörte zur letzten Generation der Saurier. Danach starben sie aus und verschwanden für immer von unserem Erdball. Wir befinden uns jetzt in der späten Kreidezeit, das heißt, wir sind etwa siebzig Millionen Jahre in der Vergangenheit.«

Siebzig Millionen Jahre! Es war völlig unvorstellbar. »Und die Fußspuren, die wir gesehen haben? Stammen die auch von dem Entenschnabler?«, fragte Thomas.

»Kaum. Das muss ein noch größeres Tier gewesen sein«, sagte der Professor. »Macht euch jedenfalls darauf gefasst, dass wir ein paar Tage hierbleiben müssen. Ich werde die Zeitmaschine gründlich nachsehen. Hoffentlich gelingt es mir, sie zu reparieren – ohne Ersatzteile!«

»Hierbleiben?« Heike riss erschrocken die Augen auf.

»Meinst du, ich jubele, weil wir in der Kreidezeit gelandet sind? Also bitte! Wir haben uns die Suppe eingebrockt und müssen sie jetzt irgendwie auslöffeln. Mit Jammern kommen wir auch nicht weiter. Wir müssen etwas tun!«, knurrte der Professor. »Ich kümmere mich um die kaputte Zeitmaschine, und ihr übernehmt das Übrige. Das bedeutet, ihr werdet nach Wasser suchen und etwas Essbares besorgen …«

»Wir?«, fragte Michael und dachte entsetzt an den Wald.

»Na, seid ihr nicht alt genug dazu?« Der Professor funkelte ihn wütend an. »Im Grunde seid ihr ja schuld, dass wir hier sind.«

Die Kinder senkten schuldbewusst die Köpfe.

»Außerdem brauchen wir noch einen Unterschlupf für die Nacht. Die Zeitmaschine ist nämlich viel zu eng. Wir können nicht alle darin schlafen«, sagte der Erfinder.

»Wir bauen uns ein Baumhaus!«, schlug Michael vor.

»Hervorragende Idee«, brummte der Professor. »Dann brauchen sich die Saurier nicht einmal mehr zu bücken, wenn sie uns verspeisen wollen. Außerdem ist mir schleierhaft, wie du ein solches Baumhaus bauen willst – ohne Axt und ohne Nägel!«

Die Kinder waren ratlos. Wo sollten sie das nötige Werkzeug hernehmen? Zum ersten Mal wurde es ihnen bewusst, wie schwierig es war, sich mit einfachen Mitteln behelfen zu müssen.

Raue Wildnis

Während Onkel Ambrosius damit begann, den Schaden an der Maschine zu überprüfen, beratschlagten die Kinder, was zuerst zu tun war.

»Das Wichtigste ist Wasser«, sagte Thomas. »Wir müssen eine Quelle oder einen Fluss finden.«

Bei dem Gedanken, wieder durch den Wald gehen zu müssen, überlief Heike eine Gänsehaut. »Und worin tragen wir das Wasser? Wir brauchen ein wasserdichtes Gefäß.« Thomas kratzte sich am Kinn. »Haben wir aber nicht.«

»O doch!«, widersprach Michael. »Den Werkzeugkasten aus der Zeitmaschine.« Nachdem er den Metallkasten geholt hatte, betrachteten die Kinder den Inhalt. Vielversprechend sah er nicht gerade aus: einige Schraubenzieher, zwei Feilen, Drahtstücke, eine Rolle Lötzinn, eine Kneifzange, ein Handbohrer, eine Spule Schnur und eine Schachtel mit Schrauben und Muttern. Das war alles.

»Nicht einmal ein Hammer«, sagte Thomas enttäuscht. »Am nützlichsten ist noch die Schnur.«

»Aber in dem Werkzeugkasten kann man sogar kochen«, sagte Michael und leerte den Kasten aus. Das Werkzeug bekam Onkel Ambrosius zurück, nur die Schnur stopfte Michael in seine Hosentasche. Dabei fand er sein Taschenmesser. »Prima, das wird uns gute Dienste leisten! Alle Mann mal Taschenkontrolle, vielleicht finden wir noch etwas Brauchbares!«

Die Ausbeute war kaum der Rede wert: Thomas fand ein benutztes Taschentuch und einen angebissenen Keks, Heike

einen Bleistiftstummel und einen kleinen Notizblock, Onkel Ambrosius seinen Laborschlüssel. In der Zeitmaschine lag noch Thomas' Taschenlampe. Die Kinder ließen sich jedoch nicht entmutigen.

»Bis es dunkel wird, haben wir einiges zu tun«, sagte Thomas. »Los, wir machen uns auf die Socken, um Wasser zu holen.«

»Socken ist gut!« Michael betrachtete seine nackten Füße in den Sandalen. »Es gibt hier sicherlich eine Menge giftige Schlangen … und vielleicht auch Skorpione!« Das Letzte sagte er nur wegen Heike.

Das Mädchen verschränkte die Arme vor der Brust. »Ich gehe nicht mit!«

»Und wer verjagt die Saurier, wenn sie uns angreifen?«, feixte Michael, der inzwischen seinen Humor wiedergefunden hatte. »Wenn sie dich sehen, nehmen sie doch gleich Reißaus.«

»Blöder Affe!«, zischte Heike. Aber sie kam mit.

Selbst im Schatten der Bäume war es unerträglich schwül.

»Prägt euch gut die Richtung ein«, riet Thomas. »Sonst verirren wir uns hoffnungslos.«

Unterwegs stießen sie auf einen Baum mit leuchtend roten Früchten. Sie glänzten in der Sonne und sahen saftig und verlockend aus. Michael lief das Wasser im Mund zusammen. Bevor ihn jemand daran hindern konnte, pflückte er sich eine Frucht vom Baum und biss hinein. Doch er spuckte den Bissen sofort wieder aus. »Bäh! Gallenbitter!«

»Bist du verrückt?«, rief Heike. »Das Zeug kann giftig sein!«

»Wir sammeln verschiedene Sorten Früchte und bringen sie dem Professor«, schlug Thomas vor. »Vielleicht weiß er, welche davon essbar sind.«

»Diese teuflischen Dinger jedenfalls nicht!« Michael spie noch einmal aus.

Sie gingen weiter. Ab und zu pflückten sie von einem Baum oder einem Strauch eine Frucht ab, die genießbar aussah, und wickelten sie in Michaels Hemd. Denn außer dem Werkzeugkasten hatten sie kein Gefäß. Als sie zum Waldrand kamen, brannte die Sonne noch unbarmherziger herab als zuvor.

»Jetzt ein Glas eisgekühlte Limonade!«, phantasierte Michael. »Und eine große Portion Erdbeereis …«

»Hör auf!«, sagte Heike, die davon noch durstiger wurde. »Seht mal, Moorteufel hat etwas gefunden!«

Der Hund war ein Stück vorausgelaufen und im hohen Gras verschwunden. Aufgeregt bellte er. Als die Kinder näherkamen, entdeckten sie riesige, ausgebleichte Knochen.

»Mensch, die sind selbst für Moorteufel eine Nummer zu groß!« Thomas pfiff durch die Zähne. »Die reinsten Balken!«

»Es muss ein ungeheuer großes Tier gewesen sein«, sagte Heike. »Die Knochen wären etwas für unser Museum!«

»Es war ein fünfköpfiger Drache«, erzählte Michael. »Und jeder Kopf hatte furchtbare Zähne …«

»Und du hast einen Sonnenstich«, meinte Heike und tippte sich an die Stirn. »Nicht einmal Dinosaurier haben fünf Köpfe, du Blödmann!«

»Wir müssen Wasser finden«, erinnerte Thomas.

Sie erklommen einen Hügel. Vor ihnen lag eine weite Ebene. Eine zackige Bergkette erhob sich in der Ferne.

»Ein Vulkan!« Thomas deutete auf einen Bergkegel. Eine schwarze Rauchwolke verhüllte den Gipfel. Der Junge schirmte seine Augen gegen die Sonne ab. »Ich glaube, dort drüben ist ein Fluss.«

Der Weg war länger als gedacht. Als sie den Fluss endlich erreicht hatten, fiel plötzlich ein Schatten auf sie. Michael wies aufgeregt in die Luft. Über ihnen schwebte ein riesiger Flugsaurier. Seine großen Flügel spannten sich wie ein weißes Segel. Ohne einen einzigen Flügelschlag kreiste die Flugechse in der Luft. Sie nutzte eine Luftströmung als Auftrieb und schraubte sich höher und höher.

»Ein fliegender Drache!«, schrie Thomas und sah sich nach einer Deckung um. »Ob er uns angreift?«

Aber das Tier beachtete sie überhaupt nicht. Anmutig zog es seine Kreise. Allmählich verwandelte sich die Angst der Kinder in Bewunderung. Der Flugsaurier war wirklich ein Meister im Segelflug. Obwohl er keine Federn hatte, sondern nur Flügel aus weißbehaarter Haut, glitt er mühelos durch die Luft.

»Mann, der hat mindestens eine Flügelspannweite von sieben Metern«, schätzte Thomas, während er angestrengt in die Luft starrte.

Von einem Felsen auf der anderen Seite des Flusses löste sich plötzlich ein zweiter Flugdrache und schwebte dicht über die Wasseroberfläche. Sein langer Schnabel tauchte blitzschnell ins Wasser und packte einen Fisch. Während die Flugechse wieder aufstieg, verschwand der Fisch in dem großen Hautsack unter dem Schnabel.

»Fischen ist keine schlechte Idee. Ich werde später eine Angel basteln«, nahm sich Thomas vor. »Schnur haben wir ja.«

Die Kinder füllten den Werkzeugkasten mit Wasser und gingen vorsichtig zurück, um es nicht zu verschütten. Als sie bei der Zeitmaschine ankamen, kauerte der Professor mit entblößtem Oberkörper im Schatten eines Baumes und fächelte sich mit ein paar Zweigen Luft zu. »Die Maschine ist der reinste Backofen! Ich komme vor Hitze fast um!«

»Wir haben Wasser«, verkündete Thomas. »Leider nicht aus einer Quelle, sondern aus einem Fluss. Wir müssen es abkochen.«

»Auch noch Feuer machen«, ächzte der Professor. »Als ob es nicht schon heiß genug wäre!«

»Hat einer von euch zufällig ein Feuerzeug oder ein paar Streichhölzer eingesteckt?«, erkundigte sich Michael. »Nein? Saftladen! Nichts ist da, gar nichts!«

»Man kann Feuer machen, indem man zwei Holzstückchen aneinanderreibt.« Heike hatte einmal davon gelesen.

»Hast du das schon mal probiert?«, fragte Thomas. »Da kannst du reiben, bis du schwarz wirst, und es raucht nicht einmal.«

»Ich sehe schon, alles bleibt wieder an mir hängen.« Der Professor erhob sich stöhnend. »Also zurück in den verdammten Backofen und einen Kurzschluss machen, damit es Funken gibt!«

Die Kinder suchten trockenes Holz und bauten eine Feuerstelle. Ringsum legten sie Steine und häuften das Holz in der Mitte auf. Rechts und links davon türmten sie mehrere Steine übereinander, auf die sie den Werkzeugkasten stellten.

»Achtung! Mir aus dem Weg!« Der Professor kam angestürzt, in der Hand ein brennendes Papierstück von Heikes Notizblock. Er warf es gerade rechtzeitig weg, bevor er sich die Finger verbrannte. Zuerst wollte das Holz kein Feuer fangen, aber dann züngelte doch noch eine kleine Flamme empor. Bald brannte das Feuer hell und brachte das Wasser zum Kochen.

»Passt auf, dass es nicht völlig verkocht!«, warnte Onkel Ambrosius.

Rasch schoben Thomas und Michael zwei starke Äste unter den Werkzeugkasten und hoben ihn vorsichtig vom Feuer. Als das Wasser ausgekühlt war, konnten sie endlich ihren Durst löschen.

Dann fielen Michael die Früchte in seinem Hemd ein. Er wickelte sie aus und hielt sie dem Professor hin. »Die haben wir unterwegs gefunden. Welche kann man essen?«

»Woher soll ich das wissen?« Der Professor runzelte die Stirn. »Ich bin doch kein Botaniker! Und von urzeitlichen Früchten habe ich schon gar keine Ahnung!«

»Wer opfert sich als Versuchskaninchen?«, fragte Michael. »Magenverstimmungen und Vergiftungen werden gratis mitgeliefert.«

»Moment mal!« Der Professor hielt eine birnenförmige, rosa Frucht hoch. »Wenn ich mich nicht völlig täusche, ist das eine Feige. Eine echte, frische, wohlbekömmliche, vitaminreiche Feige. Hoffe ich wenigstens!« Damit biss er hinein. »Hmmmm. Nicht schlecht. Sogar ausgezeichnet!« Als er den letzten Bissen geschluckt hatte, griff er sich an die Kehle. »Nur ein einziger Nachteil …«

»Giftig?« Heike erbleichte.

»Nein. Schade, dass ihr nicht mehr davon mitgebracht habt«, bedauerte der Professor.

»Wir holen später mehr«, versprach Thomas. »Wenn wir den Unterschlupf gebaut haben.«

Zunächst brauchten sie starke Äste für das Gerüst. Aber nachdem sie eine halbe Stunde lang versucht hatten, mit dem Taschenmesser einen kräftigen Ast von einem Baum zu trennen, sahen sie ein, dass es so nicht ging.

»Wenn wir nur eine Axt hätten!«, wünschte sich Michael. »Mit dem Taschenmesser brauchen wir Wochen!«

Heike hatte plötzlich eine Idee. »Wie wär's, wenn wir uns die Knochen holen würden, die wir vorhin gefunden haben? Die sind doch mindestens genauso stark wie Äste.«

»Klar«, rief Thomas begeistert. »Toller Einfall!« Zusammen mit dem Professor machten sie sich auf den Weg. Die Knochen waren ziemlich schwer, und nur unter großen Anstrengungen konnten sie ein paar von ihnen zur Zeitmaschine zurücktragen.

»Wenn manche Altertumsforscher wüssten, wohin die fehlenden Knochen gekommen sind …«, murmelte der Erfinder, während sie die Knochen schräg gegen die Zeitmaschine lehnten. So entstand ein Dach, das die Kinder mit dünneren Ästen verstrebten und mit Zweigen und Farnwedeln abdeckten, bis es einigermaßen dicht war. Den Boden des Unterschlupfs polsterten sie mit Gras und Moos. Sie waren so beschäftigt, dass keiner von ihnen merkte, dass Moorteufel schon seit einer Weile verschwunden war. Erst, als sie in ihrem Unterschlupf saßen und ein paar Feigen aßen, die sie in der Nähe gepflückt hatten, fragte Thomas erschrocken: »Wo steckt eigentlich Moorteufel?«

»Hoffentlich hat ihn kein Saurier erwischt«, sagte Heike.

Bei Einbruch der Dunkelheit kam der Hund zurück. Er wirkte satt und zufrieden. »Zuhause würde man das, was du tust, Wildern nennen«, sagte Thomas und runzelte die Stirn.

»Feigen schmecken ihm eben nicht«, meinte der Professor. »Hunde sind ja schließlich Fleischfresser. Vergiss nicht, sie stammen von Wölfen ab. Vielleicht hat Moorteufel ein kleines Säugetier gejagt. So etwas ähnliches wie Ratten gab es ja auch schon in der Kreidezeit.«

»Von den Feigen wird man nicht besonders satt.« Michael rieb sich den Bauch. »Gegen ein Steak oder ein Hähnchen hätte ich jetzt nichts einzuwenden.«

»Ich werde morgen versuchen, Fische zu fangen«, kündigte Thomas an und gähnte.

Alle waren nach dem aufregenden Tag sehr müde. Erschöpft streckten sie sich auf ihrem Mooslager aus. Doch ob-

wohl es inzwischen stockfinster geworden war, konnten sie nicht einschlafen. Denn die Nacht war voller merkwürdiger Geräusche.

»Wir hätten das Feuer in Gang halten sollen, um die Saurier abzuhalten.« Thomas starrte besorgt in die Finsternis.

»Ich weiß nicht, ob Saurier in der Nacht umherstreifen«, überlegte der Professor. »Sie sind ja Reptilien und somit wechselwarm. Das bedeutet, dass sie Wärme und Sonne brauchen, um beweglich und flink zu sein. Denkt nur an eine Eidechse. Manche Wissenschaftler nehmen deshalb an, dass die Saurier nachts als riesige Fleischberge herumstanden, ganz starr …«

»Der Lärm da draußen hört sich aber anders an«, wandte Heike ein.

Sie lauschten: ein unheimliches Brüllen in der Ferne und ein Bersten von Holz, als würde eine Elefantenherde durch den Wald trampeln. Zum Glück waren die Geräusche weit weg.

»Offensichtlich irren sich die Wissenschaftler. Den Biestern scheint die kühle Nachtluft kaum etwas auszumachen«, sagte der Professor.

»Vielleicht dauert es eine Weile, bis die Riesenviecher ausgekühlt sind«, vermutete Thomas. »Eine Eidechse ist ja viel kleiner.«

»Möglich«, gab der Erfinder zu. »Einige Leute behaupten auch, die Saurier seien warmblütig wie die Säugetiere und Vögel. Wir wissen einfach zu wenig über sie …« Der Professor schlief mitten im Satz ein und begann zu schnarchen.

»Mann, so ein Krach!« Thomas wälzte sich unruhig von einer Seite auf die andere.

»Schläfst du schon, Heike?«, fragte Michael nach einer Weile.

»Nein.«

»Erinnerst du dich, wie wir uns auf die Abenteuerferien in Norwegen gefreut haben? Mit Lagerfeuer und Zelten?«

Heike seufzte. Das schien schon unendlich lange her zu sein.

»Eigentlich habe ich es mir bequemer vorgestellt«, fügte Michael hinzu. »Und vor allem ohne Dinosaurier!«

Ein Saurier greift an

Gleich nach Sonnenaufgang waren der Professor und die Kinder wieder auf den Beinen.

»Der Schaden an der Zeitmaschine ist nicht so groß, wie ich zuerst gedacht habe«, sagte der Professor. »Könnt ihr mir euer Taschenmesser leihen? Ich muss nämlich die verschmorten Drähte auswechseln.«

Thomas hatte sich schon eine Rute für die Angel geschnitten, ein Stück Schnur daran befestigt und einen Haken aus Draht gebogen. Er gab dem Erfinder das Messer. »Zum Ausnehmen der Fische brauchen wir es aber wieder.«

»Wartet erst einmal ab, ob ihr tatsächlich etwas fangt!«, brummte der Onkel. »Ich mache mich jetzt jedenfalls ans Reparieren, damit wir möglichst bald von hier wegkommen. Sonst gefällt es euch hier am Ende so gut, dass ihr gar nicht mehr nach Hause wollt!« Damit verschwand er in seiner Maschine.

Die Kinder begannen, nach Würmern für die Angel zu suchen. Ein Stück von ihrem Lager entfernt fanden sie einen Fleck mit lockerer, feuchter Erde. Sie gruben mit bloßen Händen. Bald stießen sie tatsächlich auf Würmer.

»Ganz schön lang!«, meinte Thomas anerkennend und stopfte die Würmer der Einfachheit halber in seine Hosentasche. »Hoffentlich beißen die Fische an!«

Zusammen mit Moorteufel machten sich die Kinder auf den Weg zum Fluss. Diesmal gingen sie etwas anders, um ein Stück abzukürzen. Buntgefiederte Vögel flatterten ängstlich und ungeschickt vor ihnen weg. Als die Kinder aus dem Wald

traten, wies Heike auf einen nahen Sandstreifen. »Pssst! Bewegt euch nicht! Seht!«

Ein kleiner Saurier hockte auf der Erde. Er war nur etwa einen Meter groß und gelbgrün gefleckt. Geschäftig wühlte er mit seinen Vorderpfoten im Sand, grub Eier aus, drehte sie herum und bedeckte sie wieder mit Sand. Das Tier ähnelte dem Entenschnabler, war aber viel kleiner und hatte einen anders geformten Kopf. Er wirkte sehr niedlich, und die Kinder hätten ihm gerne noch länger zugesehen, doch Moorteufel verdarb alles. Laut bellend stürzte er auf den kleinen Saurier zu. Dieser richtete sich auf und blickte den Hund erschrocken an. Dann flitzte er auf zwei Beinen davon und verschwand im Wald. Thomas konnte Moorteufel gerade noch davon abhalten, dem Saurier zu folgen.

»Schade«, bedauerte Heike. »Er war richtig süß!«

An diesem Tag sahen die Kinder keinen Flugsaurier am Fluss. Thomas warf seine Angel aus. Nach zwei Stunden Schweiß und Geduld hatten sie fünf kleine Fische gefangen. Sie legten sie in einen kleinen Behälter, den Heike in der Zwischenzeit aus langen Grashalmen geflochten hatte.

Als sie zurückkamen, wartete der Professor schon auf sie. »Ich habe ein großes Problem«, klagte er. »Ich habe die verschmorten Drähte gegen neue eingetauscht. Aber ich müsste sie anlöten … leider habe ich keinen Lötkolben, nur Lötzinn … So ein Mist!«

»Kannst du die Drähte nicht verknoten?«, fragte Michael.

»Ach nein, das geht nicht.

»Essen wir erst etwas«, schlug Thomas vor. »Vielleicht fällt uns dann etwas ein. Mit knurrendem Magen lässt sich schlecht denken. Könnte ich bitte das Taschenmesser wiederkriegen?«

Während Thomas die Fische ausnahm, machten die anderen ein Feuer. Bald saßen sie alle darum herum und rösteten die Fische, die sie auf lange Äste gespießt hatten. Sie schmeckten köstlich.

Auf einmal hatte Michael eine Idee. Er hatte zuhause einmal seinem Vater beim Löten zugesehen und wusste, dass die Metallspitze des Lötkolbens durch elektrischen Strom heiß

wurde. Damit schmolz man das Lötzinn. Wenn man nun einen Schraubenzieher ins Feuer halten und die Spitze erhitzen würde … Aufgeregt verkündete Michael seinen Einfall.

»Ausgezeichnet!«, rief der Professor und sprang auf. »Das ist die Lösung! Wenn ihr fertig seid, probieren wir es aus.« Zuerst schlugen ein paar Versuche fehl, aber dann gelang es dem Professor tatsächlich, die Drähte zu verlöten. Er arbeitete mehrere Stunden, während die Kinder das Feuer in Gang hielten. Erschöpft und verschwitzt beendeten sie ihre Arbeit. Gerade rechtzeitig – denn nun begann es zu regnen. Ein heftiger Wolkenbruch löschte das Feuer.

Alle genossen die kühle Dusche und ließen sich bis auf die Haut nassregnen. Nach einer Viertelstunde war der Regen vorbei, und die Sonne schien wieder durch die Wolken. Die nassen Kleider trockneten rasch.

»Ihr wart mir wirklich eine große Hilfe«, sagte der Professor, als sie am Abend in ihrem Unterschlupf lagen und auf die nächtlichen Geräusche lauschten. »Es ist eigentlich ganz gut, wenn man auf einer Zeitreise nicht allein ist. Ohne euch wäre ich aufgeschmissen gewesen.«

»Komisch«, sagte Michael nach einer Weile nachdenklich. »Ich habe mir immer vorgestellt, dass es hier nur so von Sauriern wimmeln müsste. Brontosaurier, Tyrannosaurus rex, Entenschnabler und so weiter. Alle auf einmal. Wie auf dem Bild im Lexikon. Aber bis jetzt haben wir eigentlich recht wenige gesehen.«

»Vielleicht gibt es in dieser Gegend nicht so viele Saurier«, vermutete der Professor. »Oder wir haben bisher einfach Glück gehabt. Es könnte natürlich auch sein …« Er sprach den Gedanken nicht aus, um die Kinder nicht zu beunruhigen. Vielleicht hielten sich die Saurier versteckt – das konnte darauf hindeuten, dass ein Raubsaurier in der Nähe war. Etwa ein gefährlicher Fleischfresser wie der Tyrannosaurus rex. Der Professor schob rasch den schrecklichen Gedanken beiseite: Er war ja nicht einmal sicher, ob der Tyrannosaurus tatsächlich in der Kreidezeit lebte. »Der Brontosaurus ist jedenfalls schon vor Millionen Jahren ausgestorben«, sagte er. »Er lebte nämlich in der Jurazeit, und die war viel früher.«

»Und der Tyrannosaurus?«, wollte Michael wissen.

»Ist das der mit den riesigen Zähnen und den kleinen Vorderbeinen, die wie Stummel herabhängen?«, erkundigte sich Heike.

»Ja. Aber ich glaube nicht, dass dieser furchtbare Saurier ausgerechnet jetzt in der Kreidezeit lebt.« Die Stimme des Professors klang unsicher. »Muss ja nicht unbedingt sein. Es wäre schon ein böser Zufall … nein, ich bin sicher, dass er im Jura gelebt hat …«

»Ich weiß genau, dass im Lexikon neben dem Tyrannosaurus das Wort Kreidezeit steht«, widersprach Michael.

Onkel Ambrosius wurde ärgerlich. »Ach was, das besagt noch gar nichts. Die Kreidezeit war sehr lang. Und selbst wenn der Tyrannosaurus tatsächlich in dieser Zeit gelebt hat, dann müssen wir ihm ja nicht unbedingt über den Weg laufen, oder? Bis jetzt haben wir noch nicht die geringste Spur von ihm gesehen – also kein Grund zur Aufregung! Schlaft jetzt endlich! Morgen ist wieder ein anstrengender Tag.«

Nachdem die Kinder eingeschlafen waren, lag der Professor noch lange wach und grübelte. Tausend Zweifel plagten ihn. Er hatte den Kindern vorhin keine Angst machen wollen. Aber wenn sich der Tyrannosaurus tatsächlich in der Nähe herumtrieb, waren sie in höchster Gefahr!

»Ich muss die Maschine so schnell wie möglich flottkriegen!«, nahm sich der Erfinder vor. Von fern hörte er ein Brüllen, das ihm einen Schauer über den Rücken jagte. Dann fielen ihm die Spuren ein, die sie anfangs im Sumpf entdeckt hatten: ein riesiger Saurier, der auf den Hinterbeinen lief … Ein schrecklicher Verdacht erwachte in dem Professor. Er schlief in dieser Nacht sehr schlecht.

Am anderen Vormittag beschlossen Heike und Michael, Feigen zu sammeln, während Thomas allein zum Fischen gehen wollte. Moorteufel blieb im Schatten der Zeitmaschine und hechelte. Es war ihm zu heiß. Dem Professor dagegen schien die Hitze nichts auszumachen. Seit dem frühen Morgen arbeitete er wie ein Besessener an seiner Maschine.

Der Erfinder ahnte nicht, dass die Kinder sich getrennt hatten und Thomas ganz allein nach Würmern grub.

Diesmal musste der Junge länger suchen. Eifrig bohrte er seine Finger in die Erde. Doch plötzlich hatte er das unangenehme Gefühl, beobachtet zu werden. Langsam hob er den Kopf und vermied dabei jede hastige Bewegung. Ein scharfer Raubtiergeruch drang in seine Nase.

Zwischen den Zweigen, sechs Meter über dem Boden, glitzerten die Augen eines riesigen Reptils. Thomas war sekundenlang wie gelähmt. Das beutegierige Funkeln in den Saurieraugen hypnotisierte ihn beinahe. Dann erkannte er den unförmigen Kopf mit den gewaltigen Kiefern. Die Zähne im Rachen waren die reinsten Dolche, lang und spitz. Thomas' Mund wurde trocken. Mit tödlicher Sicherheit wusste der Junge, wen er vor sich hatte: einen Tyrannosaurus rex, den gefährlichsten aller Saurier!

Thomas fühlte, wie eiskaltes Grauen in ihm hochkroch. Die Angst schnürte ihm die Kehle zu. Hatte der Tyrannosaurus ihn bereits entdeckt? Thomas zwang sich, ruhig zu bleiben, obwohl er aufspringen und weglaufen wollte. Aber er wusste, dass er bei einer Flucht kaum eine Chance hatte. Denn der Fleischfresser konnte auf seinen beiden kräftigen Beinen weitaus schneller laufen als ein Mensch …

Dem Jungen brach der kalte Schweiß aus. Er ließ den Saurier keinen Moment lang aus den Augen. Reglos kauerte Thomas am Boden, die Hände voller Erde. Würde der Tyrannosaurus angreifen? Dem Jungen stockte der Atem, als sich die Büsche teilten und der gewaltige Saurier in seiner ganzen Größe heraustrat …

Heike und Michael hatten diesmal eine völlig andere Richtung als sonst eingeschlagen und bald den Waldrand erreicht. Michael wies auf eine Baumgruppe. »Dort drüben sind Feigenbäume.« Während die Kinder darauf zugingen, entdeckte Heike im hohen Gras etwas Seltsames: »Ein kleines Nashorn, schau!«

Das Tier humpelte mühsam auf drei Beinen. Das vierte Bein hatte es angezogen. Es war unnatürlich verrenkt, wahr-

scheinlich gebrochen. Auf den ersten Blick hatte das Tier tatsächlich Ähnlichkeit mit einem Nashorn. Sein Leib war ebenso gedrungen und schwerfällig. Hinter dem Kopf hatte es einen großen, knöchernen Schild. Zwei Hörner wuchsen daraus hervor. Ein drittes kürzeres Horn saß vorne auf der Schnauze. Es war ein Triceratops. Offenbar war das Tier noch sehr jung. Es sah die Kinder aus großen dunklen Augen an.

»Das ist kein Nashorn! Nashörner haben keinen so langen Schwanz«, sagte Michael. »Außerdem gibt es in der Kreidezeit noch keine.«

»Es ist verletzt!« Mitleidig blickte Heike auf das Tier, das zaghaft an einigen zarten Farnen knabberte, aber die Kinder dabei im Auge behielt. »Wir müssen ihm helfen.«

»Heike, es ist ein Saurier!«, sagte Michael mit Nachdruck.

»Aber es ist doch noch so klein!«, widersprach Heike. »Es tut mir bestimmt nichts.«

Michael runzelte die Stirn. »Es ist fast so groß wie ein Kalb! Und die Hörner können gewiss ganz schön zustoßen!«

Das Tier hielt seinen schweren Kopf gesenkt. Es sah wirklich sehr hilflos aus. Obwohl sein Leib massig wirkte, erkannte Heike, dass die Haut schlaff herunterhing und sich einige Rippen darunter abzeichneten.

»Michael, es ist krank! Es verhungert!« Heike ließ sich nicht länger aufhalten.

Das Tier fiepte ängstlich, als Heike näherkam. »Still! Ich will dir doch bloß helfen«, sagte Heike in beruhigendem Tonfall. Sie riss ein paar Farnwedel ab und hielt sie dem Tier hin. Doch es wich davor zurück und schrie wieder voller Angst.

»Lass!«, sagte Michael. »Es hat keinen Sinn, es ist zu scheu!« Da erblickte er in der Ferne einige weidende Tiere. Weil die flirrende Hitze alles verzerrte, hatte er die dunklen Punkte zuvor für Felsen gehalten. Jetzt sah er, dass sich einer der Punkte von den anderen gelöst hatte und rasch näherkam. Es war ein zweiter Triceratops, unendlich viel größer als das Junge. Allein der Kopf war länger als zwei Meter. In atemberaubendem Tempo kam das schwerfällige Tier angaloppiert. Der Boden dröhnte unter seinen Sprüngen. Staub wirbelte auf.

»Heike!«, schrie Michael entsetzt.

Heike erkannte nun ebenfalls die Gefahr. »Die Mutter! Sie hat Angst, dass ihrem Jungen etwas geschieht!« Eilig zogen sich die Kinder zurück. Trotzdem hörte der junge Saurier nicht zu schreien auf.

Der ausgewachsene Triceratops stampfte zornig heran. Er schnaubte voller Wut. Bei seinem Jungen blieb er stehen, beschnupperte es kurz und wandte sich dann den Kindern zu.

»Lauf um dein Leben!«, rief Michael seiner Schwester zu. Die Kinder rannten davon. Hinter sich hörten sie das Keuchen des wütenden Sauriers und das Brechen der Zweige.

Im Wald kamen die Kinder rascher voran, weil sie schlanker waren als das massige Tier. Obwohl der Saurier alles zermalmte, was ihm in die Quere kam, wurde er doch durch zu eng stehende Bäume aufgehalten. Die Kinder gewannen einen Vorsprung. Ohne auf die Richtung zu achten, schlitterten sie einen Abhang hinunter. Sie hofften, dadurch den wütenden Saurier abzuhängen.

Auch der Triceratops hatte nun den Abhang erreicht. Er stieß ein zorniges Schnauben aus und rutschte dann, die Beine weit gespreizt, den Hang hinunter. Steine lösten sich und polterten hinab. Einen Moment lang schien es, als würde der Saurier das Gleichgewicht verlieren, doch dann fing er sich wieder. Unten angekommen, begann er sofort wieder zu galoppieren. Die Bäume standen hier nicht so dicht nebeneinander. Der Abstand zwischen den Kindern und dem Saurier verringerte sich zusehends. Doch da ereignete sich etwas Unerwartetes.

Kampf der Giganten

Ein unheimliches Brüllen zerriss die Luft. Der Triceratops stoppte. Suchend drehte er den Kopf. Woher kam das Geräusch? Unruhig stampfte der Saurier mit seinen Beinen und schnaubte. Ein Brüllen antwortete. Die Kinder merkten, dass ihr Verfolger abgelenkt war. Sie nutzten ihre Chance. Erschöpft warfen sie sich auf den Boden und krochen unter ein Gebüsch, um sich zu verbergen. Weiterlaufen konnten sie nicht mehr – sie waren am Ende ihrer Kräfte.

»Hoffentlich entdeckt uns das Biest nicht!«, keuchte Michael.

Voller Angst beobachteten die beiden den Triceratops, der noch immer an derselben Stelle verharrte. Das fremde Brüllen machte den Saurier sichtlich zornig. Breitbeinig stemmte er sich in die Erde. Alle Muskeln waren gespannt, der Schwanz dicht auf den Boden gepresst. Dann trompetete der Triceratops seine Herausforderung durch den Wald …

Ein lautes Brechen der Äste verriet, dass der unsichtbare Gegner die Herausforderung annahm.

»Das kann ja heiter werden«, flüsterte Heike entsetzt. Jetzt sahen die Kinder den Gegner des Triceratops zwischen den Bäumen hervortreten.

»Ein Tyrannosaurus rex!«, stieß Michael aus. »Das gibt einen Kampf auf Leben und Tod!«

Mit riesigen Schritten und einem gewaltigen Wutschrei stürzte sich der Tyrannosaurus auf seinen Gegner. Der Boden zitterte, als die tonnenschweren Körper aufeinanderprallten. Die klauenbesetzten Hinterbeine und der mächtige Kiefer des Fleischfressers waren furchtbare Waffen, die jeden

Schwächeren erbarmungslos töten konnten. Doch der Triceratops war nicht ungeschützt. Der große Knochenschild leistete den dolchartigen Zähnen des Tyrannosaurus hartnäckig Widerstand. Immer wieder versuchte der Fleischfresser, den Nacken seines Gegners zu fassen. Aber der Triceratops stieß mit seinen langen Hörnern zu. Rasch sprang der Tyrannosaurus zur Seite. Sein Schwanz peitschte durch die Luft. Er wollte den Gegner von hinten angreifen, doch der Triceratops wirbelte blitzartig herum …

Heike schloss vor Entsetzen die Augen. Sie konnte es nicht mehr mit ansehen, wie die beiden Saurier miteinander kämpften. Schon allein das Brüllen und Schnauben der wütenden Gegner war furchtbar genug. Immer wieder krachten die beiden schweren Körper aufeinander. Keuchen und drohendes Zischen erfüllte die Luft …

»Der Tyrannosaurus ist verletzt!«, rief Michael. »Der andere hat ihn mit seinen Hörnern erwischt.«

Der Fleischfresser hatte eine klaffende Wunde am Bauch. Aber der Geruch des ausströmenden Blutes schien ihn erst recht rasend zu machen. Er verdoppelte seine Anstrengungen. Dann gelang es ihm, seinen Gegner am Nacken zu fassen und festzuhalten. Der Triceratops wehrte sich verzweifelt. Doch die Zähne des Raubtiers ließen nicht mehr locker … Kurz darauf war klar, dass der Triceratops unterliegen würde. Seine Kräfte ließen immer mehr nach. Schließlich brach sein Genick unter den harten Kiefern des Tyrannosaurus, und er lag still. Der Kampf war zu Ende.

Schwer atmend richtete sich der Tyrannosaurus auf. Die Geschwister erkannten, dass der Saurier mehrere Verletzungen davongetragen hatte. Besonders die Wunde am Bauch sah recht schlimm aus und blutete stark. Heike wandte angeekelt den Kopf ab, als der Tyrannosaurus begann, den Triceratops aufzufressen. Ihr wurde beinahe schlecht. Sie hielt sich die Ohren zu, um das Kauen des Tieres nicht mehr hören zu müssen. Wie furchtbar war das alles!

Nach einer Weile stieß Michael sie an. Heike nahm die Hände von den Ohren. »Er ist fort«, sagte der Junge. »Komm! Lass uns von hier verschwinden!«

Heike zitterte am ganzen Körper. Der Schrecken hatte ihr arg zugesetzt. Sie brach in Tränen aus. »Ich kann nicht«, schluchzte sie. »Es ist alles so schrecklich!«

»Aber du musst!«, beschwor Michael das Mädchen. »Wir können nicht hierbleiben. Vielleicht kommt der Tyrannosaurus wieder.« Sie krochen aus dem Gebüsch.

»Wo sind wir hergekommen?«, fragte Heike ratlos und schaute sich um. Der Wald sah überall gleich aus.

Michael sagte zögernd: »Ich glaube, wir müssen in diese Richtung gehen.« Er wies geradeaus. Sie gingen los. Aber nach einer Weile blieb Heike stehen. »Nein, Michael, wir sind völlig falsch.«

»Doch, wir sind richtig!«, beharrte Michael. Sie irrten weiter und gerieten immer tiefer ins Gestrüpp hinein. Als sie fest davon überzeugt waren, sich hoffnungslos verlaufen zu haben, sahen sie plötzlich den toten Saurier wieder vor sich. Sie waren im Kreis gegangen!

»Was nun?« Heike war der Verzweiflung nahe. Doch da hörten sie in der Ferne menschliche Stimmen.

»Heike! Michael!« Es waren der Professor und Thomas.

»Gott sei Dank, dass ihr lebt! Ich habe schon das Schlimmste befürchtet!« Der Professor berichtete, was in der Zwischenzeit geschehen war. Wie durch ein Wunder war Thomas dem Tyrannosaurus entkommen. Ein Geräusch hatte den Saurier von dem Jungen abgelenkt: das Heranstürmen des Triceratops. Thomas hatte den Augenblick genutzt und war zur Zeitmaschine geflohen.

»Und dann habe ich mir furchtbare Sorgen um euch gemacht«, gestand der Professor. »Die Maschine ist nämlich inzwischen startklar – hoffe ich wenigstens! Doch ihr beide wart weg! Zum Glück hat Moorteufel eure Spur gefunden!«

Die Rückkehr

»Mir geht schon die ganze Zeit ein Problem im Kopf herum«, berichtete der Professor, während sie zur Zeitmaschine zurückgingen. »Durch unser bloßes Hiersein greifen wir offenbar schon stark in die Vergangenheit ein. Durch eure Schuld – das soll jetzt wirklich kein Vorwurf sein! – ist es zum Kampf zwischen den beiden Sauriern gekommen: Einer ist tot, und der andere stirbt vielleicht noch an seinen Verletzungen. Ohne uns wären sich die Tiere nicht begegnet. Sie hätten weitergelebt und für Nachkommenschaft gesorgt.«

»Wir haben also die Vergangenheit geändert«, grübelte Thomas.

»Darüber denke ich ja gerade nach«, fuhr der Professor fort. »Wie ihr wisst, sind die Saurier ausgestorben. Die Wissenschaftler haben viele Vermutungen aufgestellt: Klimaverschlechterung, ein riesiger Meteoriteneinschlag, der zu einer weltweiten Katastrophe führte, und so weiter. Niemand kennt bisher hundertprozentig den wirklichen Grund, es bleibt ein Rätsel. Und deswegen denke ich mir: Vielleicht sind wir am Aussterben der Saurier schuld.«

Die Kinder blickten den Professor verblüfft an.

»Wir sind möglicherweise nicht nur für den tödlichen Kampf verantwortlich«, erklärte Onkel Ambrosius. »Erinnert euch, dass ich euch vor unbekannten Krankheiten gewarnt habe, die wir uns zuziehen können. Es könnte aber auch genauso gut umgekehrt sein: Wir haben aus dem Jahr 1983 gefährliche Bakterien mitgebracht, die für die Saurier tödlich sind. Denkt an die Ureinwohner Amerikas: Nachdem die

Weißen kamen, starben die Einheimischen massenweise an Masern. Was für uns dank Impfung heute eine weitgehend ungefährliche Krankheit ist, war für sie eine furchtbare Seuche, weil ihre Körper keine Abwehrkräfte dagegen hatten.«

»Aber die Saurier sind doch sowieso ausgestorben«, wandte Thomas ein.

»Richtig«, bestätigte der Professor. »Wir haben die Vergangenheit also nicht geändert, sondern nur ein Ereignis ausgelöst, das ohnehin eingetroffen wäre. Es war vielleicht kein Zufall, dass uns die Maschine hierhergebracht hat. Denkt daran: Wir haben sie nicht gesteuert.«

»Ist das so wichtig?«, fragte Michael.

Der Professor zuckte mit den Schultern. »Meine Vermutung ist folgende: Wenn man durch die Zeit reist und es der Maschine überlässt, wohin sie einen bringt, kann man möglicherweise gar nicht die Vergangenheit ändern. Diese Art von Zeitreisen wäre für den Ablauf der Geschichte völlig ungefährlich, vielleicht sogar notwendig.« Er wurde nachdenklich. »Allerdings müssen wir das erst noch beweisen.«

Thomas wurde hellhörig. »Wir?«

»Äh … habe ich tatsächlich wir gesagt?«, brummte der Professor. »Muss ein Versehen gewesen sein.«

Die Kinder grinsten sich an. Offenbar schien der Professor jetzt gar nicht mehr so abgeneigt, sie auf weitere Zeitreisen mitzunehmen – vorausgesetzt, sie kamen heil in die Gegenwart zurück!

»Hoffen wir, dass die Maschine funktioniert!«, sagte der Erfinder, als sie bei der Zeitmaschine anlangten. Er tätschelte liebevoll das Metall. »Lass uns nicht im Stich, ja? Sonst muss ich dir mit ein paar Stromstößen Beine machen!«

Die Kinder stiegen in die Maschine und warfen einen letzten Blick auf ihr Lager. Sie waren nicht traurig, es verlassen zu müssen. Zwar war alles sehr aufregend gewesen, doch nach dem Abenteuer mit dem Tyrannosaurus hatten sie von der Urzeit die Nase voll!

Nachdem der Professor auf seinem Stuhl Platz genommen hatte, schloss sich die Tür. Die Deckenbeleuchtung erhellte spärlich die kleine Kabine. Onkel Ambrosius schnitt eine Gri-

masse. »Wenn wir Pech haben, halten die Batterien nur bis zur Steinzeit. Aber dort gibt es zumindest schon Menschen! Und keine Saurier mehr!« Dann fasste er an einen Hebel. Die Maschine begann zu summen.

Das Summen steigerte sich zum schrillen Kreischen, je weiter der Professor den Hebel nach unten drückte. Die Kinder wurden von Schwindel ergriffen. Es war ein Gefühl wie in einem Aufzug. Heike presste die Hände auf den Magen und schloss die Augen, aber das machte die Sache nur noch schlimmer.

»Wir nähern uns der Zeitschranke«, sagte Onkel Ambrosius. »Wenn wir sie durchbrechen, machen wir einen Riesensprung nach vorne. Hoffentlich gelingt es uns!« Druck und Lärm in der kleinen Kabine nahmen immer mehr zu. Dann – ein Ruck! Die Maschine schwankte und zitterte. Die Kinder verloren beinahe das Gleichgewicht. Das schrille Kreischen war zu einem ohrenbetäubenden Quietschen geworden. Dann brach es plötzlich ab. Es wurde totenstill. Das Zittern der Maschine hörte auf.

»Wir haben den Sprung geschafft«, sagte der Professor. »Aber wir stehen. Wir sind noch ein gutes Stück in der Vergangenheit – etwa tausend Jahre.« Er deutete auf ein Messinstrument. »Wir müssen den Nullpunkt erreichen, wenn wir in die Gegenwart zurückwollen.«

Er schob den Hebel nach oben und drehte an einigen Knöpfen. Dann drückte er den Hebel abermals nach unten. Das Summen setzte wieder ein, stotternd und zaghaft. Die Deckenbeleuchtung flackerte.

»Ein Wackelkontakt«, sagte der Professor. »Verdammt!« Mit äußerstem Fingerspitzengefühl bewegte er den Hebel. Immer, wenn das Summen schwächer wurde, schob er ihn ein Stück zurück. Der Zeiger des Messgeräts sprang ruckweise nach vorne. Als er den Nullpunkt fast berührte, verstummte das Summen erneut.

»Wir müssen bereits im Labor sein«, murmelte Onkel Ambrosius. »Unseren räumlichen Ausgangspunkt haben wir schon seit einer Weile wieder erreicht. Ich schätze, dass wir uns nur noch wenige Tage – vielleicht auch nur Stunden – in

der Vergangenheit befinden.« Um sich zu vergewissern, betätigte der Professor den Türöffner, aber nur so weit, dass die Tür einen Spalt aufschwang. Gleichzeitig erlosch die Deckenbeleuchtung.

Draußen war es finster. Nein, nicht ganz! Der dünne Lichtkegel einer Taschenlampe glitt an ihnen vorüber. Jetzt erkannten die Kinder, dass sie sich tatsächlich im Labor befanden. Michael wollte etwas sagen, doch der Professor zischte: »Psst! Hört!« Die Kinder lauschten. Etwas raschelte. Es hörte sich so an, als würde jemand hastig einen Stapel Papiere durchwühlen. Dann sahen die Kinder die Silhouette eines Mannes.

»Das ist ja Frank!«, flüsterte Thomas erregt. »Er ist wiedergekommen!« Er wollte hinaus. Aber der Professor fasste ihn hart am Arm.

»Nein! Wir sind vierundzwanzig Stunden zu früh! Es ist der Einbruch, den wir schon kennen!«

»Aber nun können wir Frank fassen!«, widersprach Thomas.

»Nein! Willst du etwa die Vergangenheit ändern?«

Im gleichen Augenblick erhellte ein greller Blitz die Dunkelheit. Sofort folgte der Donner. Der Einbrecher verließ das Labor. Und Thomas hörte von draußen eine Stimme, die genauso klang wie seine eigene: »Jetzt!« Gleich darauf ging nebenan ein Gerangel los.

Michael hauchte fassungslos: »Sind wir das?«

Onkel Ambrosius nickte. »Wenn wir jetzt aussteigen, würden wir uns selbst begegnen.« Er zögerte nicht länger, sondern schloss die Tür. In der Kabine wurde es wieder hell. »Wir müssen unbedingt in die Gegenwart zurück. Haltet die Daumen, dass wir es schaffen!«

Der Professor riss mit einem unsanften Ruck den Starthebel zurück. Die Maschine erzitterte, knirschte und heulte kurz auf. Der Zeiger des Messgeräts glitt auf den Nullpunkt. Atemlos drückte der Erfinder den Hebel zurück. Sie waren angekommen!

Als sich die Tür öffnete, sahen sie draußen das erleuchtete Labor. Alles war noch so, wie sie es verlassen hatten.

»Tja«, sagte der Erfinder erleichtert. »Wir sind also heil zurück. Ihr habt mehr Glück als Verstand, dass ihr dieses Aben-

teuer überlebt habt! Es wird euch jetzt wohl nicht mehr einfallen, meine Maschine auf eigene Faust zu benutzen!«

»Wenn du uns das nächste Mal freiwillig mitnimmst, dann nicht!«, grinste Michael.

»Habt ihr von Zeitreisen noch immer nicht genug, he?«

»Jetzt wird es erst lustig«, widersprach Thomas. »Wo wir doch schon Übung haben …«

»Raus mit euch!«, grunzte der Professor in gespieltem Ernst. »Und marsch in die Betten! Über das Thema unterhalten wir uns ein andermal!«

Nein, das nächste Abenteuer würden sich die Kinder gewiss nicht entgehen lassen! Doch vorerst waren sie froh, wieder zu Hause zu sein. Sie genossen es, in ihren eigenen weichen Betten zu schlafen, ohne auf nächtliche Geräusche und das Brüllen unbekannter Tiere achten zu müssen.

Als Frau Schneider am nächsten Tag zum Frühstück rief, fuhren Heike und Michael erschrocken hoch. Sie mussten sich erst daran gewöhnen, wieder in der Gegenwart zu sein.

Nach Fisch und Feigen schmeckte das Frühstück besonders gut.

»Hm! Frische Brötchen!«, freute sich sogar Onkel Ambrosius und langte tüchtig zu.

Frau Schneider sah ihn verwundert an. »Aber es gibt doch jeden Morgen frische Brötchen! Bisher haben Sie nie ein Wort darüber verloren!«

»Ja, bisher!« Herr Köhler blinzelte den Geschwistern über den Tisch hinweg zu. »Heute ist auch ein ganz besonderer Tag. Siebzig Millionen Jahre, mein Gott! Ich hätte nie gedacht, dass wir es schaffen!«

»Ich verstehe nur Bahnhof!«, beschwerte sich Frau Schneider und blickte verstört von einem zum anderen.

»Onkel Ambrosius meint, dass die Brötchen heute die besten seit siebzig Millionen Jahren sind!« Michael grinste.

»Ja, gab es damals überhaupt schon Brötchen?«, fragte Frau Schneider. Sie machte ein fassungsloses Gesicht, als die anderen in lautes Gelächter ausbrachen.

ENDE

Hallo, Tagebuch!

Tja, so war das damals, liebes Tagebuch. Wenn ich mich an das Abenteuer erinnere, kommt es mir vor, als hätte ich in einem Film mitgespielt. Immerhin sind wir aus der Dinosaurierzeit wieder zurückgekommen. Das war nämlich alles ganz schön gefährlich! Nicht zu vergleichen mit der Situation, in der ich mich jetzt befinde. Hier bin ich sicherer. Nirgendwo ein Trannosaurus rex oder einer dieser Flugsaurier …

Eigentlich habe ich sogar Glück: Mein Pappbecher ist schon halbvoll mit Münzen. Die meisten Leute scheinen Mitleid mit mir zu haben und werfen mir ein paar Cent oder einen Euro zu. Einige wenige meinen aber, mich anpöbeln zu müssen, weil ich hier sitze und bettele. Und ein paar Mal wurde ich sogar fotografiert! Ich weiß jetzt nämlich, dass man mit den flachen Kästchen, die hier jeder hat, fotografieren und telefonieren kann. Und die Dinger können noch mehr! Da muss ein winziger Computer drinstecken Überhaupt ist es kaum zu glauben, was die Technik für Fortschritte gemacht hat. Auch die Anzeigetafeln am Bahnhof, die Züge … vieles sieht sehr, naja, anders aus. Nicht so futuristisch, wie wir uns die Zukunft vorgestellt haben, aber schon irgendwie fremd. Ich glaube, Onkel Ambrosius wäre begeistert!

Ich habe mir inzwischen einen weniger belebten Platz gesucht. Vorhin habe ich zwei Polizisten gesehen, die gar nicht freundlich wirkten und genau auf mich zukamen. Ob Betteln wohl verboten ist? Außer jemandem von der Heilsarmee und einem jungen Mann, der Gitarre spielte, habe ich niemanden mit einer Sammelbüchse gesehen. Vielleicht darf man hier auch nicht einfach so herumsitzen. Ich habe also erstmal meine Sachen zusammengerafft, viel ist es ja nicht, und mich aus dem Staub gemacht. Auf jeden Fall muss ich mehr über diese Zeit herausfinden. Und dann muss es mir irgendwie gelingen, die anderen wiederzufinden. Nur so kann ich vielleicht in meine Zeit zurückkehren.

Bestimmt kann ich heute Nacht nicht schlafen, weil mir so viel durch den Kopf geht. Aber gut, dass ich meine Gedanken wenigstens auf dem Papier ordnen kann.

Tschüss, Tagebuch, bis zum nächsten Mal!

Deine Heike

ZM - STRENG GEHEIM

... geht 2022 weiter!

Band 2: **Grabraub im Tal der Könige**

(erscheint im ersten Halbjahr 2022)

Dieses Mal verschlägt es die vier nach Ägypten! Immer mehr Grabräuber treiben ihr Unwesen im Tal der Könige: sie stehlen Schätze und stören die Totenruhe. Nefer, die Tochter des Statthalters, fürchtet den Zorn der Götter. Als sie und ihre neuen Freunde erfahren, dass das Grab des Tutanchamun aufgebrochen werden soll, schmieden sie einen Plan, der den Räubern ein für alle Mal das Handwerk legen soll!

Band 3: **Die Sonnenstadt von Ol-Hamar**

(erscheint im zweiten Halbjahr 2022)

Diesmal geht die Reise nicht in die Vergangenheit, sondern in die Zukunft! Doch stellt diese sich völlig anders als gedacht dar: keine Stadt weit und breit, nur Felder, ein Tempel – und ein selbstsüchtiger Priester, der sich ihre Zeitmaschine unter den Nagel reißen will und Onkel Ambrosius gefangen hält. Da hat er die Rechnung allerdings ohne Heike, Michael & Thomas gemacht!

ÜBER DEN

Verlag in Farbe und Bunt

Lesen ist wie Fernsehen im Kopf!

So lautet ein Slogan, den wir für uns aufgegriffen haben.

Unser Anliegen, Euch ein spannendes Programm in diesem "Kopf-Fernsehen" zu bieten, das im Gegensatz zu den schwarzen Zeichen auf weißem Grund in Ihrem Kopf gerne *in Farbe und* so *bunt* wie möglich ablaufen darf.

Richtig bunt sollen die Welten also sein, in die wir mit unseren Büchern entführen wollen. Nicht beliebig, nicht von der Stange. Unsere Geschichten sind nicht durch die Marktforschung gegangen, aber kommen von Herzen.

Entdeckt unsere Visionen.
Folgt uns in fantastische Welten. In Farbe und Bunt.

Der V*erlag in Farbe und Bunt* bietet Romane, Biografien, Sachbücher, Comics, E-Books, Kochbücher, Kinder-, Jugend- und Hörbücher aus allen Bereichen und für jedes Alter.

in Farbe und Bunt

www.ifub-verlag.de
www.ifubshop.com

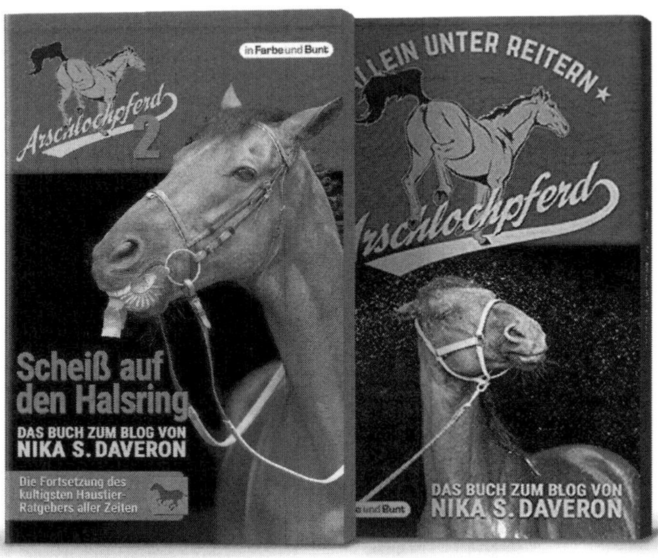

Nika S. Daveron

Arschlochpferd

Teil 1: Allein unter Reitern

Teil 2: Scheiß auf den Halsring

Tausende von Likes hat die Social-Media-Seite vom Arschlochpferd, die augenzwinkernd die Online- und Offline-Gemeinschaft der Reiterinnen und Reiter beleuchtet – die Bücher aus der Feder von Nika S. Daveron präsentieren das Phänomen in gedruckter Form mit komplett neuen, witzigen und auch herrlich bissigen Beiträgen. Unbedingt einsteigen!

Auch als Hörbücher erhältlich!

in Farbe und Bunt

www.ifub-verlag.de
www.ifubshop.com